고전수사학

게르트 위딩

박성철 옮김

東文選

고전수사학

Gert Ueding

KLASSISCHE RHETORIK

머리말

수사학이란 도대체 무엇인지 알고 싶어하는 사람이 가장 먼저 해야 할 일은 오늘날까지도 여전히 수사학을 부담짓고 있는 대중적 이해에서 벗어나는 일이다. 아무 도서 목록이나 시민대학 프로그램, 또는 진학 교육기관에서 제공하는 교과 내용을 앞에 놓고 살펴보아도 글쓰기와 말하기 분야에시 사람들이 원하는 모든 것을 줄 수 있다고 요란스럽게 약속하는 수많은 제목들을 곧 접하게 될 것이다. 가령 말을 잘하는 방법, 설득력 있게 논증하는 방법, 성공적으로 협상을 벌이거나 판매 수익을 많이 올리는 방법 따위가 그것이다. 매니저와 지도급 인사, 상인과 지역 공무원, 학교와 군대, 사내(社內) 의사소통과 교회를 위한 수사학 교과서도 있다. 이 거창한 약속의 말 이면을 들여다보면 수사학은 이 모든 응용 분야에서 많건 적건 대개 단순한 스타일로 만들어진 규칙 모음으로 축소된다. 여기에 실린 조언들을 하나하나씩 살펴보면 전적으로 실속 있는 것일 수 있고——제대로 지킨다면——실제로 말하기 능력을 개선시키는 데 도움이 될 수도 있다. 그렇지만 이러한 경우들은 기껏해야 수사학의 가장 낮은 단계와 관련 있고, 잘해 봤자 똑같이 널리 퍼져 있는 처세에 관한 책들과 비교될 수 있다. 이러한 책들은 대개 비슷한 수준에서 심리학의 성과들을 실생활에 맞게 손질해 놓은 것들이다.

학문 분야를 둘러보면 사정이 좀 다르지만 사실상 복잡하기는 마찬가지이다. 수사학은 이미 오래 전부터 학문적으로 다시 자리를 잡

아왔지만 통일된 자기 이해는 아마 발견하기 어려울 것이다. 이 점에서 수사학은 그 오랜 경쟁자인 철학과 별반 다르지 않다. '신수사학(New Rhetoric)'이란 것이 있는데, 이것은 20세기초에 미국에서 발흥하여 수사학을 포괄적인 의사소통 및 담화의 학문으로 새로이 창설시킨 것이다. 신수사학에 아주 가까운 것이 '논증수사학'이다. 이것은 논리학·변증법·수사학이 결합함으로써 생겨난 것으로서, 특히 아리스토텔레스의 논증 이론에 기초를 두고 있다. '문예수사학'은 축소된 형태로라도 문체론으로서 결코 완전히 잊혀진 적이 없었기 때문에 아마 가장 꾸준히 이어져 내려온 학문일 것이다. 문예수사학은 가다머의 '해석학'을 통해 의미심장하게 확대되었다. 일종의 '윤리·교육학적 수사학'은 위르겐 하버마스와 그의 학파가 세운 의사소통 행위 이론 속에 살아 있다. 그에 반해 '실천철학으로서의 수사학'은 이소크라테스 및 아리스토텔레스와 연결되어 오스카 넥트·헤르만 뤼베 또는 뤼디거 부브너에 와서 새로운 모습으로 나타난다. 끝으로 '기호론적·언어학적 수사학'(롤랑 바르트·움베르토 에코)과 포스트모더니즘적인 수사학(폴 드 망·자크 데리다·장 프랑수아 리오타르)을 지적해야겠다. 이들로써 중요한 수사학 부흥을 모두 언급한 것은 결코 아니다.

이미 오랫동안 지속되고 있는 이러한 다양한 수사학의 부흥을 고려해 볼 때, 독일에서 수사학의 제도화 수준이 (미국에서와 달리) 그 학문적 의의와 다양한 실제 응용 가능성에 비추어 아직 훨씬 뒤떨어져 있다는 것은 그만큼 더 놀랄 만한 일이다. 그렇지만 우리의 경우에도 어문학과에 속해 있거나 의사소통학 및 미디어학과 맥락을 같이하는 문예수사학이든, 또는 튀빙겐대학교에서처럼 자체적인 학업 과정을 갖춘 독립된 분과 학문으로서든 수사학을 가르치고 있지 않는 대학은 이제 거의 없다. 수사학은 심지어 학교의 수업 편성에서도 필수 과목으로 도입되었다.

그런데 왕년에 '학문의 여왕'이었던 수사학을 어떠한 측면에서 폭넓고 철저하게 이해하고자 애쓰든지간에 고대의 고전수사학에 관한 연구를 지나쳐 갈 길은 없다. 아리스토텔레스·키케로·퀸틸리아누스(가장 중요한 학자 몇 명만 꼽자면)는 수사학을 단지 일반적인 언설학(言說學) 내지 텍스트학으로서만 창시한 것이 아니라, 인간의 언설을 또한 사람과 그 사람이 가진 모든 가능성을 포괄하는 교육 프로그램의 핵심으로 만들었다. 그 프로그램의 영향사는 오늘날에도 도처에서 포착된다.

나름의 방법과 기술을 갖춘 고대의 수사학 체계는 따라서 오늘날까지 수사학의 토대로 남아 있게 되었다. 상세함, 일반적인 응용 가능성(그림의 수사학, 프리젠테이션의 수사학, 현대 미디어의 수사학), 그리고 분석과 생산에서의 실제적 유용성에 관한 한 고대 이후에 실제로 그에 필적할 만한 발전을 내세울 만한 것은 아무것도 없었다. 기호학이나 의사소통학 같은 학문들은 자세히 들여다보면 수사학적 전통이라는 넓은 강물이 더 좁은 여러 개의 하상(河床)들로 파생된 것이고, 거기서 쓰이는 범주들은 잘 알려진 수사학적 술어 체계를 바꿔 부르거나 전개시켜 놓은 것임이 드러난다. 따라서 고대의 고전수사학에 대한 연구는 단순히 역사적 관심이나 학문사적 관심에서만 이루어지는 것이 아니라 현대적인, 또는 '새로운 수사학'을 위해 필수적인 길잡이로서 바로 시사적이고 실용적인 의미를 갖는다. 본서의 내용은 단지 길 안내이자 첫 문제 토론만을 제공할 수 있지만, 본서가 계속적인 연구를 위해 충분히 권할 만하리라는 정말로 수사학적인 희망을 가져 본다.

I

수사학의 발원과 시작

1. 환경: 그리스의 웅변 문화

수사학의 초기 역사는 흰 얼룩투성이이다. 확실하게 전승된 것은 없고 소수의 텍스드민이 보존되어 있으며, 역사를 거슬러 올라가면 올라갈수록 보존되어 있는 적은 양의 정보마저 더욱더 적어지고 동시에 더욱더 전설적으로 되어 버린다. 얼마 안 되는 문서 기록이 존재한다고 일러 주는 턱없이 부족한 사료(史料)를 제외한다면, 천성적 소질로서 전제할 수 있고 모든 사람들이 연습하는 실용 웅변술로부터 규칙·귀감·연습의 규준을 토대로 한 이론수사학으로 넘어가는 경계선은 뚜렷하지 않다. 의식적으로 말하는 사람, 다시 말해 말을 가능한 한 효과적으로 자신의 목적에 맞추려 시도하는 사람은 그때그때의 의도에 부합하는 것을 자신의 경험 지식으로부터 골라낼 것이다. 그 사람은 이제 더 이상 있는 그대로(wie ihm der Schnabel gewachsen ist; 이 관용어의 축어적 의미는 '주둥이가 생긴 대로 (말하다)' 즉 '거리낌없이 (말하다)'이다) 말하는 것이 아니라, 심지어 그것에 대해 어떤 특별한 생각을 하지 않더라도 조절해 가며 다소간 기교를 가미하여 말하게 된다. 말이 효력을 가지고 성공을 거두도록 도와 주는 수단을 선택하는 것은 말을 실제로 할 때 시행과 착오의 절차를 거친 후에 일어나는 일로서, 결국엔 제2의 본성으로 습관화된다. 그렇다면 의식적으로 말하는 사람이 이미 잠재적으로 따르고 있는 책략들과 규칙들은 그의 실제 경험으로부터만 귀납적으로 추론될 수 있을 것이다.

zoon logon echon, 즉 언어를 가진 존재(아리스토텔레스)로서의 인간은 살아나가는 데 유익하게 행동하기 위해, 오히려 살아남기만이라도 하기 위해 능변가적인 의사소통을 필요로 한다. 인간의 말이란 키케로(기원전 106-43)가 강조하듯이 말하는 사람들의 집단에 의해 생산된 언제나 이미 앞서 있는 지향의 틀이자 경험의 틀로서, 방법론을 갖춘 수사학이 관계하는 것이 바로 이것이다: "모든 규칙들은 웅변가가 그것들을 준수하기만 하면 달변이라는 명성을 얻게 될 정도의 큰 영향력을 갖는 게 아니라, 말 잘하는 웅변가가 스스로 이룩해 낸 것이 몇몇 사람들에 의해 관찰되어 어떻게든 정돈된 것임이 분명하다. 따라서 능변이 기술에서 나온 것이 아니라 기술이 능변에서 나온 것이다."(키케로, 《웅변가에 대하여》, 1,32,146) 그리스인들은 사실 용어상으로 실용수사학과 이론수사학을 구분하지 않았는데, techne rhetorike란 실용적 재주로서의 수사학과 이론적 능력으로서의 수사학을 동시에 나타내는 말이다. 로마의 웅변 교사들이 비로소 이론으로서의 rhetorica(수사학)와 능변의 실천으로서의 oratoria(eloquentia; 웅변)를 구분하기에 이르렀다.

그리스 이론가들의 한결같은 이해는 아리스토텔레스(기원전 384-322)가 수사학을 praktikai technai(실용적 기술), 즉 정규적·목적지향적인 실용적 재주로 보고 동시에 poietike(시 예술), 즉 창조적 예술로 보고 있는 데서 그 정점을 이루는데, 이것은 아마 수사학 이전 시대의 살아 있는 의식에 의해 영향받은 것인지도 모른다. 키케로 같은 후대의 수사학자들도 언제나 이 시대의 가장 위대한 대표 인물로서 저 위대한 서사시를 쓴 호메로스(기원전 8세기)를 꼽았다: "만약 능변이 그 당시에 이미 존중받는 위치에 서 있지 않았었다면 호메로스가 트로이 시대에 벌써 오디세우스와 네스토르의 힘과 기품을 각각 인정하면서 그렇게 칭찬하지 않았을 것이고, 호메로스 자신도 그렇게 심한 말 장식에 사로잡혀 있지도 않았을 것이며, 결코 완벽한 웅변가가 되지도 못했을 것이다."(키케로, 《브루투스》, 40) 사실 호메로스는, 물론 웅변술을 이론적으로 개념화시켰다는 의미에서는 아니있디 히더라도 웅변술의 창시자로까지 간주되었다.

실제로 수사학 이전의 문학 작품들은 서사시든 희곡이든간에 수많은 증거 자료를 통해 그리스의 웅변 문화를 증명해 주고 있다. 호메로스는 그의 작품에 나오는 영웅들을 외모와 활약상에 따라서뿐만 아니라 또한 엄연히 웅변가로서도 묘사하고 있다. 이 웅변가들은 목소리, 사유 전개, 독특한 문체를 통해 서로 구분되었는데, 그들의 영향력은 그들이 내뱉는 말의 내용뿐만 아니라 그들의 성품(예를 들어 테르시테스)과 사회적 지위에 의해서도 좌우된다. 호메로스는 심지어 후대 소피스트 수사학의 축점(軸點)인 웅변의 다층성, 즉 겉에 드러난 진술과 그 뒤에 의도적으로 숨겨놓는 의미 사이의 차이를 기만연설(Trugreden)에서 보여 주고 있다. 그 진정한 대가는 오디세우스인데, 《일리아스》의 두번째 장에서 아가멤논도 부하들의 투지를 확인하기 위하여 이 수단을 이용하고 있다. 호메로스식의 교육 목표인 "말을 잘하는 웅변가이자 행동으로 잘 옮기는 실천가"(호메로스, 《일리아스》, 9,443)는 후대 그리스의 수사학에서 웅변술과 실제 정치의 밀접한 상관관계를 이미 예시(豫示)하고 있다.

여기에다 또 한 가지를 고려해야 한다. 호메로스적 이상은 분명 아곤(Agon)이라는 그리스의 겨루기 문화와 관련 있다는 것이다. 그리스인들은 아곤을 나중에(약 5세기부터) 세 가지 종류로 나누었다: 오늘날 우리가 육상이라 부르고 달리기 경주를 중심으로 하는 운동 경기가 그 하나이고, 두번째로 말등 위에서 활쏘기와 창던지기까지도 포함했던 경마 및 마차 경주, 끝으로 공개 경기에 마찬가지로 포함되었던 음악 · 시가 · 무용 · 웅변술 겨루기이다.

그렇지만 웅변술의 수사적 · 실용적 측면은 호메로스에게 있어서 아직 전적으로 그가 문학을 이해하는 신화적 틀 속에 갇혀 있었고 도구적 의미밖엔 없었다. 뮤즈한테서 영감을 받은 시인은 호메로스에게 있어서 신적 지식의 대변자였고, 그가 예고하는 진리는 절대적 권리를 요구하며, 따라서 협의회나 결정위원회 같은 데서 처리하도록 내맡겨질 수 없는 것이다: "올림포스의 집에 살고 있는 너희들 뮤즈여, 이제 내게 말해 다오, 너희들은 여신이고 목격자이며 모든 것을 알고 있다. 그러나 우리는 기별만을 들을 뿐이고 그리스인들의 지도자와 지배자가 누구였는지 아무것도 알지 못한다."(호메로스, 《일리아스》, 2,484 이하) 웅변술은 그러한 이해의 틀 속에서 하나의 통일적인 작용 의도의 도구, 즉 참된 신적 지식을 중개하고 보증하기 위한 도구로 남는다. 만약 시인이 그렇게 함으로써 동시에 사람들을 즐겁고 황홀하게 만들어 준다면 그는 바로 본연의 중개자 역할을 수행하고 있는 것이다. 나중에 역사적으로 진보된 관점에서야 비로소 이러한 지식의 신화적 합법성마저 수사적 증명방법으로 여겨질 수 있었으며, 아리스토텔레스는 다음과 같이 쓸 수

있었다: "별은 신이고 신적인 것은 자연 전체를 포괄한다는 생각은 태고 시대 이래 고대인들과 선조들에 의해 신화적 형태로 후손에게 전해져 내려왔다. 그밖에 나머지는 대중을 설득하고 법칙과 일반적인 최고선(最高善)에 적용하기 위해 황당무계한 방식으로 추가된 것이다. 그들은 신과 인간 또는 살아 있는 다른 생물체와의 유사성을 인정하고, 유사한 것 및 그것과 관련된 것은 다른 것을 가지고 있다고 부연한다."(아리스토텔레스, 《형이상학》, 제12장 8,1074a)

2. 정치의 역할 변천

아리스토텔레스의 신화 비판적 연구는 그리스 민주주의 이전의 지배 형태가 가진 한 가지 측면을 조명해 주고 있다. 이 측면은 새로운 역사 서술에 의해 비로소 연구 주제로 떠올랐다. 그리스의 여러 도시국가에서 기원전 7세기말 이래로 존재해 왔던 해묵은 가족 지배를 제거하기 시작한 참주정치(Tyrannis)는 또한 새로운 정치관을 가져왔는데, 알프레드 호이스는 이를 '방법적·정치적 행위'(호이스, 《헬라스》, 146쪽)라 부르고, 그것을 새로운 법 이해, 계획적이고 합리적인 국가 운영 및 의식적인 사회·문화정책과 결합시킴으로써 대개 지나치게 일방적이고 부정적으로 평가받는 이 시대가 '중요한 베틀'로 나타날 수 있게 되었다: "준비되어 있는 실들을 베틀로 짜서 천으로 만들었고, 이 천이 나중에 고전 시대에 없어선 안 될 품목이 되었다."(호이스, 《헬라스》, 146쪽)

이 관점은 또한 그 이후의 수사학적 관점에서 보았을 때 오히려 터무니없는 것으로 느껴졌고, 따라서 얼버무려진 한 가지 관련 사실도 설명해 준다. 그것은 기원전 5세기 참주정치의 종말 이후 수사학의 발생과 이러한 정치적 단절을 넘어선 수사학의 연속성이다. 선도 역할을 했던 곳은 시칠리아, 더 정확히 말하자면 기원전 467년에 전제 군주를 몰아낸 시라쿠사였다. 전해 내려온 기록은 참주 지배하의 잔혹한 상황을 폭넓고 유쾌하게 그려놓고 있는데, 이에 따르면 참주들은 신하들에게 심지어 말하는 것을 금지시켜 서로 몸짓으로만 의사소통할 수 있을 정도였다고 한다.

그 자세한 내용은, 이 언어 없는 상태를 나름대로의 방식으로 종결시키고 그 대신에 협의와 결정 탐색이라는 주요 원칙들을 설득력 있는 논증을 통해 내세운 수사학의 발생사와 딱 맞아떨어진다. 실용주의적 정치관이 모든 사회 분야에 존재했던 새로운 공동체적 실천관으로부터 수사학이 발생한 것과 관련 있다는 것을 분명하게 가르쳐 주는 한 가지 작은 모순점이 있다: 한결같이 전해져 내려오는 바에 의하면 시칠리아의 독재자가 퇴락한 후 첫 웅변가는 코락스였다. 코락스는 그 이전에(이러한 상세한 내용은 수사학적으로 주목받지 못한 몇 안 되는 증거 자료들을 통해 알려져 있다) 시라쿠사의 궁정에서 영향력 있는 관직에 있던 사람이었다. 전해져 내려온 단 하나의 기록은 코락스가 새로운 노력을 기울이게 된 동기로서, 그가 궁정에서 잃어버렸던 영향력을 다른 수단을 통해 되찾으려 했다는 것을 꼽고 있다. 그 수단이란 바로 demos(민중)를 이끄는 설득력 있는 웅변이었다.

이 설명에 깔린 생각은 그 당시 일어났던 사건들에 의해서도 확인된다. 옛 지배 형태가 제거되자 코락스는 시민들을 모아놓고(Ekklesia; 집회) 연설을 벌였다. 그들의 정치적 목적은 다름 아니라 막 생겨난 권력 진동 상태를 새로운 정치적 지배 형태를 통해 메우려는 것이었다. 그러나 연설의 내용에 대해서는 아무것도 전해 내려온 바가 없다. 단지 그 연설이 뚜렷하게 몇 가지 부분으로 나누어져 있었다는 사실과, 코락스가 그 연설을 통해 큰 영향력을 가지게 되고 유명해짐으로 해서 결국 그때부터 웅변을 다른 사람들에게도 가르쳐 주게 되었다는 사실만 알려져 있다. 그의 제자들 가운데 테이시아스라는 사람이 있었는데, 이 사람 자신도 나중에 교사 활동을 했고, 모범적인 웅변들을 모아놓은 최초의 수사학 교과서를 집필하기도 했다.

수사학 내부적으로 전해 내려온 바에 의하면 물론 이야기가 약간 달라진다. 아리스토텔레스는 코락스를 단 한 번만 언급하고 있는데, 《수사학》에서 그의 수사적 기술(techne)의 핵심으로서 개연적 사실로부터의 결론 도출을 꼽고 있는 자리에서이다. 키케로는 좀더 자세하게 후대 역사 서술의 보편명제를 이미 표현하고 있다: "국가 기본법을 만든 사람한테서도 그렇거니와 그밖에 다른 이유로 억압받고 왕정 지배의 족쇄를 차고 있는 사람한테서도 능변에 대한 욕구는 잘 일어나지 않는다. 평화의 동반자, 안온함의 동료이자 이미 잘 정립되어 있는 공동체의 제자가 바로 능변이다. 그리하여 아리스토텔레스는 시칠리아에서 참주정치가 폐지된 후 사적인 사안들이 오랜 중단 끝에 다시 법정에서 다루어지게 되었을 때, 이 민족을 면밀하게 살펴보고 이 민족이 원래부터 가지고 있는 논쟁 성향을 고려하여 시칠리아인 코락스와 테이시아스가 그 당시에 맨 처음으로 규칙과 규정의 체계를 만들었을 것이라고 말하고 있다. 이미 많은 사람들이

하나의 일관된 생각에 따라 꼼꼼하게 말할 줄 알았고, 또 이미 프로타고라스가 특별히 중요한 주제들에 대해 말할 것을 사전에 정리하고 기록해 놓아 오늘날 상투어(loci communes; 공통된 말터)라 불리는 것이 있긴 했지만, 그때까지는 아무도 체계적으로 기교를 부려가며 말하는 데 익숙치 않았다고 한다.”(키케로, 《브루투스》, 45 이하)

플라톤이 《파이드로스》(273a)에서 테이시아스를 공격한 것에 대해서는 여기서 아직 언급하지 않았는데, 어쨌든 전통의 갈래들을 모두 종합해 볼 때, 수사학의 초기 역사에서 코락스가 권고연설이라는 의미에서 정치연설(genos demegorikon 또는 symbouleutikon, genus deliberativum)을 창시했고 연설을 최초로 도입(prooimion)·서술(die-gesis)·결론(epilogos)의 세 부분으로 나누었음이 명백하지만, 이와 거의 동시에 모범적인 웅변들로 구성되어 있고 법정연설을 다룬 최초의 교과서들이 등장했다. 말하자면 수사적 기술(techne)의 첫 단추를 꿴 것은 실제로 수사학의 주된 본보기인 법정연설인 셈이다. 그리고 아리스토텔레스가 코락스와 테이시아스에 대해 보고하고 있는 것은 역사적 사실과 일치한다: “이에 따르면 수사학의 발명은 민주주의의 확립과 관련 있으며, 법정연설은 시칠리아에서 참주정치의 종말 이후에 행해졌던 소유권 소송에서 시작되었다고 볼 수 있다.”(쇠프스다우, 《수사학의 역사에 관한 고대의 생각》, 24쪽)

제3의 시칠리아인도 수사학의 창립사에서 중요한 역할을 수행했다. 유형화·단순화시키기 잘하는 전승 기록이 코락스를 정치연설의 발명자로 만들고 테이시아스를 법정연설의 발명자로 내세우고 있다면, 그 제3의 시칠리아인에 대해서는 목적 없는 찬양, 비난연설(genos epideiktikon, genus demonstrativum)을 창시한 사람으로 소개하고 있다. 레온티니 출신의 고르기아스가 바로 그 사람인데, 테이시아스의 제자이기도 한 이 사람은 플라톤이 나중에 똑같은 이름의 수사학 비판 대화편에서 소크라테스의 가상 적대자로 내세움으로써 그의 역사적 상이 알아볼 수 없을 정도로 왜곡되었다. 고르기아스(기원전 480-380)는 기원전 427년에 사절단을 이끌고 아테네에 갔다. 아테네에서는 이미 30여 년 전(기원전 461)에 민주화의 흐름에서 새로 생겨난 결정·심의 기구가 바로 수사적 기술을 요구하고 있던 터였다. 여기서 그는 화려한 말솜씨로 아테네인들에게 깊은 인상을 심어 주었지만 그는 이미 수사학이 들어와 있던 땅을 밟은 데 불과했다. 최초로 통사적 문장 병렬과 산문 리듬을 하나의 기술(techne)로 완성시키고 수사학적 감정론을 창시했다고 하는 트라시마코스가 이미 아테네인들에게 웅변술의 장점과 그 구성 요소들을 가르치고 있었던 것이다. 이 두 사람, 그러니까 고르기아스와 트라시마코스는 소피스트였다. 소피스트들은, 최근의 문화사 기술에서 그들을 명예회복시켜 주려는 노력이 오늘날까지 별다른 소득이 없을 정도로 플라톤이 소크라테스의 입을 빌려 대대적으로 끈질기게 비방했던 바로 그 철학·수사학 학파에 소속된 사람들이었다. 소피스트라는 말은 아직까지도 허위 연사, 기만 전문가, 조작과 거짓 선전의 대가라는 의미에서 쓰이고 있는데, 이것은 희화(戱畵)일 뿐만 아니라 역사적 사실의 왜곡이다. 이토록 왜곡된 것은 플라톤이 그와 경쟁관계에 있던 학파에 그렇게 줄기차게 갖다붙였던 별명 때문이다.

II

소피스트적 계몽주의와
교육 체계로 발전하는 수사학

1. 선입견과 오해들

소피스트에 관해서는 주로 그들의 가상 치열한 적대자인 플라톤 (기원전 427-347)의 저술들을 통해서만 알려져 있다. 만약 우리가 하이데거를 정통 마르크스주의자들이 쓴 책을 통해서만 알고 있다고 가정해 보면, 특히 《고르기아스》·《프로타고라스》·《소피스테스》·《파이드로스》 등의 대화편이 전해 주고 있는 플라톤의 기록들을 평가할 수 있기 위한 척도를 얻을 수 있다. 이들 문헌에서 소크라테스라는 이름을 빌려 그려진 소피스트의 왜곡상은 분명 그것을 일종의 음화(陰畵)로 받아들여 반전시켜 양화(陽畵)로 만들어 주어야만 부분적으로라도 바로잡을 수 있다. 소피스트의 학설을 한낱 형식적·수사적 기교로, 그들의 교육관을 상대주의적인 것으로, 그들의 정치적·윤리적·종교적 사상을 단순한 기도 치료인 것으로 입증하려는 플라톤의 의도는, 방향만 간단히 바꾸어 그에게서 이 막강한 정신적 운동에 대한 유용한 정보까지 얻을 수 있기에는 너무나 특수한 것이다. 소피스트를 연구하기 전에 모든 나쁜 선입견들을 "제쳐두고 잊어버리자"(헤겔, 《철학사 강의》, 409쪽)라고 최초로 단호하게 요구했던 사람이 바로 게오르크 빌헬름 프리드리히 헤겔(1770-1831)이다.

소피스트들은 지혜의 교사로 이해되었는데, 그들을 통해 그리스의 교육이 우리가 오늘날에도 톡톡히 덕을 보고 있는 그 높은 수준에 도달하게 되었다. 소피스트들은 이리저리 폴리스를 옮겨다니며 제자들에게 학문과 예술을 가르쳤고, 그들을 분석과 반성을 통해 자신이 내리는 결정의 이유를 분명히 할 줄 아는 책임감 있는 개인이자 실천적인 국가 시민으로 만들었다. 실생활과 정치가 합리적 영역이라는 의식하에 소피스트들은 목적 있는 행위를 성공시키기 위한 수단들을 가르쳤다. 이 수단들은 일차적으로 수사적 책략들이었다: "소피스트들은 특히 웅변 교사들이었다. 이것은 개개인이 민중 사이에서 자신의 가치를 발휘할 수 있었을 뿐 아니라 민중의 최고선이라고 하는 것을 실행에 옮길 수 있었던 측면이다. 이를 위해 가장 우선적으로 필요한 것들 가운데 하나가 웅변이었다. 최종 결정권을 시민이 갖고 있다는 민주주의적 기본권도 여기에 속해 있었다. 웅변은 정황을 권력과 법의 탓으로 돌린다. 그러나 웅변이란 특히 한 가지 사물에 대해 다양한 관점들을 끄집어 내어 나한테 가장 유리한 것으로 여겨지는 것과 관련 있는 관점들을 주장하는 것이다. 그러한 구체적 경우들은 많은 측면들을 갖고 있다: 이 서로 다른 관점들을 파악하는 것, 그것이 바로 교양 있는 사람이 할 일이다. 이 관점들을 강조하고 그에 반해 다른 관점들을 그늘지게 만드는 것, 그것이 바로 웅변이다."(헤겔, 《철학사 강의》, 412쪽)

소피스트들이 말 잘하는 기술을 인간 형성의 정점이자 증거로 보았을 때, 그들은 단순히 형식적인 언어 구사력이 아니라 동시에 언어 사고와 언어 행위를 의미했다. 언어가 부르고 명명하고 인식하고 재인식하고 인간으로 하여금 인식 내용을 세밀하게 전달할 수 있게 만듦으로써 인간의 행위 지향과 세계 극복을 위한 가장 중요한 도구이자 언제나 현실에 대한 앞선 해석을 포함하고 있다는, 더 이상 결코 완전히 사라져 버리지 않은 의식은 바로 소피스트들 덕분이다. 따라서 인간에게 있어서 언어라는 우주의 바깥으로 빠져 나갈 길은 없고, 언어 저편의 진리란 아예 존재하지 않는 것이다.

웅변가적 능력이란 이로써 교양과 똑같은 것을 의미하게 되었고, 그와 함께 결코 "정의를 위해 쓰일 수 있는 것과 똑같이 불의를 위해 쓰일 수 있고, 거짓말을 위해 쓰일 수 있는 것과 똑같이 진리를 위해 쓰일 수 있고, 나쁜 일에 쓰일 수 있는 것과 똑같이 좋은 일에 쓰일 수 있는" 단순히 '형식적인 기술'(곰페르츠, 《소피스트와 수사학》, 41쪽)만을 의미하지 않게 되었다. 이것이 정의이고 저것이 불의라고 하는 평가는 척도로서 전제될 수 있는 것이 아니라 그때그때마다 새로이 발견되어야 하기 때문이다. 소피스트들은 여행을 많이 다녀 판이하게 다른 여러 도덕관과 법 체계에 접하게 되었다. 어떤 폴리스에서 금지된 것이 다른 폴리스에서는 허가되었고, 어떤 곳에서 바람직한 것으로 간주된 것은 다른 곳에서는 반감을 불러일으켰다. 공동 생활의 규칙과 약속, 도덕과 풍습에 대한 이러한 소위 민족학적 관점은 절대적 가치 요구의 상대화로 이어졌다.

2. 실천철학으로서의 수사학

　우리는 여기에서 초기 계몽주의의 원칙들을 만나게 된다. 로고스가 신화의 자리에 들어섰고, 이성은 전통을 대신하게 되었다. 개인적·사회적 삶의 모든 대상과 모든 현상은 비판적 반성의 대상이 되어야 했다. 그런 한에 있어서 어떤 주제에 관하여든 진리에 대한 요구를 제기하는 두 개의 상반된 언술이 가능하다고 하는 프로타고라스의 기본 명제는 실재에 대한 새로운 경험의 정수를 진술하고 있으며, 동시에 이 회의적 상황에 대처할 방법을 권해 주고 있다. 그것은 말하자면 차이점들에 관하여 그것들이 나타나는 그대로 상반되게 말하는 것이다. 그러니까 그 차이점들을 경쟁적 견해들로 취급하여 변론과 반대 변론을 통해 검증하고 궁극적으로 실제 활동 속에서 그에 대해 결정을 내리는 것이다.

　이로써 프로타고라스(기원전 480-415)의 두번째 출발명제에 접근한 셈이다. 이는 보다 약한 측면을 보다 강한 측면으로 만들 수 있고 이 재주를 제자들에게도 가르치고자 한다는 통고이다. 실제로 말과 행동에서 이처럼 검증될 수 있으려면 의견들 사이의 위계 질서가 미리부터 전제되어 있어서 그 서열관계가 말과 무관하게 이미 보장되어 있거나, 말이란 단지 추후적 확인이나 기껏해야 전달의 수단으로서만 필요한 것이어선 안 된다. 보다 약한 측면을 보다 강한 측면으로 만들 수 있다는 것은, 말하자면 우선 그 약한 측면을 고정된 선입견으로부터 풀어내어 합리적인 변론에 접근 가능하도록 만들 수 있다는 것이다. 이 논구가 진행되는 과정에서 그것이 정말로 보다 약한 측면인지가 밝혀질 수 있다.

끝으로 프로타고라스의 '인간 척도의 명제'엔 소피스트 실천철학에서 가장 중요한 원칙들(사실 소피스트들은 이를 위해 수사학을 완성했다)이 명제식으로 총괄되어 있음을 볼 수 있다: "인간이 만물의 척도이니, 존재자에 대해서는 존재한다는 것의, 비존재자에 대해서는 존재하지 않는다는 것의 척도이다"(프로타고라스, fr. 1)라는 확신은 이미 고대에 아주 편협하게 반(反)프로타고라스적으로 해석되었다. 플라톤뿐만 아니라 아리스토텔레스도 그러한 해석을 내렸다: "더욱이 동일한 한 가지 사물에 대하여 서로 모순되는 모든 주장들이 참이리면, 모든 사물들은 매한가지임이 분명하다. 왜냐하면 그럴 경우 동일한 하나가 전함도 되고 장벽도 되고 인간도 되기 때문이다……."(아리스토텔레스, 《형이상학》, 1007b 18f) 그런데 사실 프로타고라스가 표방했던 것은 고유한 내용을 갖춘 주관적 의식만이 유일한 존재자라는 지나친 독아론(獨我論)이 아니라 관점에 따른 진리 및 가능한 것의 인식에 관한 이론이었다. anthropos, 즉 인간은 개개인과 종을 의미할 수 있는데, 원텍스트의 os는 daß(……라는 것)뿐만 아니라 wie(어떻게)를 공히 의미할 수 있기 때문이다. 이처럼 다양한 의미로 모습을 바꾸는 저 유명한 문장이 뜻하는 바는, 한편으로 자기 자신의 입장과 무관한 인식은 있을 수 없으므로 어떤 존재자의 방식 또는 현상이 언제나 인식하는 주체의 척도에 알맞게 맞추어져 있다는 것이다. 말하자면 인식과 관심이 서로 뗄 수 없이 결합되어 있다는 것이다. 그 문장은 다른 한편으로 인식에 대한 인간학적 논증을 의미한다. 이 논증은 신 앞에서도 멈추지 않아, 비록 아직은 조심스럽긴 해도 어쨌든 종교 비판을 이끌게 된다.

종합해 보건대, 소피스트들은 그때까지 용례·규칙 모음집의 형태로 존재했던 수사학을 포괄적이고 실천적인 생의 철학으로 전개시켰다. 사물이 무엇인가가 아니라 그것이 어떻게 나타나는가야말로 그들이 세계를 설명하는 반(反)형이상학적 원칙인데, 이는 그들이 정치적 결정 과정과 행위 일반의 조건들로부터 출발점을 취했기 때문이다. 이 조건들은 결코 참된 지식의 의미에서 규정될 수 없고, 우리는 뒤집을 수 없는 참이 아니라 언제나 참일 수 있는 것에만 도달할 수 있기 때문에 세계를 설명하고 행위를 지향시키기 위한 원칙으로서 철학이 내놓았던 것과 다른 어떤 원칙이 필요하다. 소피스트들은 공동의 자유로운 협의, 수사적 토의, 총의(總意) 구성과 집단적(토포스에 기댄) 설득이라는 수사학적 기본 원칙에서 그것을 발견했던 것이다.

3. 수사학적 교육

그 다음으로 필요했던 것은 자명하다. 그것은 인간으로 하여금 수사적 의미에서 훌륭한 삶을 영위할 뿐만 아니라 결정을 잘 내리도록 만들어 줄 수 있는 교육이었다. 말하자면 폴리스의 실생활에서 성공을 위해, 결정을 내리고 행동하기 위해 필요한 모든 분야의 지식을 인간에게 전달하는 교육이었다. 그러한 지식은 너무 전문적이어서도 안 되고 너무 추상적이어서도 안 되었는데, 왜냐하면 지식은 행위의 상황에서 확신을 불러일으킬 만한 힘이 있어야 하고 의견 충돌시 신빙성이 있어야만 했기 때문이다. 그밖에 실제 상태를 분석하기 위해서뿐만 아니라 사안을 잘 보여 주어 성공을 거두기 위해 써먹을 수 있고 의견이 설득력을 얻을 수 있는 근거가 되는 바로 그 원칙들, 다시 말해 일반적으로 폴리스 공동체에서 옳다고 여겨졌던 기본 명제들을 토대로 하는 방법론이 필요했다.

이러한 사상적 토대에 기초하고 있는 것이 소피스트들의 수사학적 교육이다. 수많은 지식과 말을 전달해 주는 것이라든가, 문제와 사안에 대한 상반된 관점에 기인하는 대립적 견해들을 연습한다든가, 논쟁연설과 변론 상황을 체계적으로 연습해 본다든가, 끝으로 모든 상황과 모든 문제를 삶의 세계에서 인간으로 하여금 실제로 움직이도록 만드는 관심사들로 환원시키는 비판적 방법 등이 소피스트들의 수사학적 교육의 내용이다. 그리스인의 교사로 자처했고 당시에 가장 큰 성공을 거둔 웅변가이자 웅변 교사였던 이소크라테스(기원전 436-338)는 동시에 그의 서열에 가장 근접했었던 플라톤의 강력한 경쟁자였는데, 사실 플라톤의 영향사가 그의 영향사를 덮어 버린 나머지 그의 작품 가운데 일부만이 시대를 살아남았을 뿐이다. 그리스라는 정치적 통일체의 이 위대한 전도사는 또한 수사학을 수사철학으로 전개시키는 데 있어서 주도적 역할을 했던 것으로 인정받았다. 그는 실생활과 동떨어진 교육철학으로부터 수사철학을 날카롭게 구분했다: "파파이데우메노스(Papaideumenos), 즉 언어 문화에 의해 길들여진 '교양 있는' 인간이라는 이소크라테스식의 교육 목표에서 인간은 스스로를 자제할 줄 알고 웅변을 구사할 줄 아는 만큼 완전하게 실현된 셈이어서 인간의 완벽한 웅변 모습은 흡사 로고스의 계시이자 자기 목적으로 여겨진다. 그러한 웅변의 목표는 청중을 완벽하게 매료시킴으로써 어느 정도 필수적인 수반 현상으

로서 달성된다.”(라안, 《고대의 철학적 수사학에 대한 논평》, 16쪽)

여하간 이 교육 프로그램은 후대에 영향을 미쳐 eloquentia, 즉 전적으로 웅변에 초점을 맞춘 교육 이상에 관한 로마식의 포괄적인 이론에서 가장 큰 영향력을 발휘했다: “우리가 서로를 설득하고 우리가 결정짓고자 하는 대상을 분명하게 떠올릴 수 있는 힘이 우리에게 주어져 있음으로 해서 우리는 자연 상태로부터 벗어났을 뿐만 아니라 도시를 건설하기 위해 함께 뭉치게 되었다. 우리는 법률을 제정하고 여러 가지 예술을 발견했다.”(이소크라테스, 《니코클레스》, 7) 키케로의 가장 중요한 수사학 저서인 《웅변가에 대하여》에서 우리는 이 사상에 다시 마주치게 된다: “딱 맞아떨어지는 말은 올바른 사고를 나타내 주는 가장 확실한 기호이다”(이소크라테스, 《니코클레스》, 7)라고 이소크라테스는 덧붙였고, 그리하여 능변의 사회윤리적 기능을 위한 초석을 깔게 되었다. 능변은 나중에 로마의 de-corum(schicklich(어울리는, 적합한)로 번역하면 이 용어에 담긴 포괄적인 도덕성을 제대로 살리지 못하게 된다)에 관한 이론에서 정점을 이루게 된다.

이처럼 이론적으로뿐만 아니라 소피스트 교사들이 교육 기관에서 활동했던 데서 볼 수 있듯이 실천적으로도 이루어진 수사학을 통한 인간 교육은 고대 그리스 사회의 또 다른 교육 주체인 철학을 등장시키지 않을 수 없었다. 이미 프리드리히 니체(1844-1900)가 냉정하게 단정짓고 있듯이 특히 이 경쟁관계가 쏠쏠한 경제적 결과도 초래했기 때문에 그러했다. 궁극적으로 이 경쟁관계는 제자들을 둘러싼 투쟁이었다. 즉 수업을 받고서 그에 대한 대가를 지불하고 이러한 방식으로 전통적 의미의 철학자(형이상학자 · 변론가 · 신화학자)든 일종의 '새로운 철학자'로 이해되었던 수사학자든 교사의 생계를 보장해 주는 고객을 확보하는 문제였다.

4. 철학자들의 수사학 비판

소피스트주의가 그리스의 새로운 민주주의적 제도라는 틀 안에서 일어난 '지적 해방 운동'(라안, 《철학적 수사학 논평》, 15쪽)이었다면, 이에 대한 철학의 반응은 소피스트적 계몽주의의 극복을 통해서만 폴리스의 구원을 상상할 수 있었던 정치적 노력의 맥락에서 전개되었다. 그것은 구체적으로 신화와 종교 및 전승되어 온 법과 풍습으로 회귀하는 것이며, 인간의 사고와 행위를 평가할 변치 않는 척도로 복귀하는 것이었다. 이 척도는 특정한 견해의 간섭에서 벗어나 있으면서 오히려 그것을 바로잡는 초월적 진리 속에 자리잡고 있어야 마땅한 것이었다.

플라톤은 수사학의 통합성 요구에 대한 이러한 철학적 반응의 원동력이자 완성자였는데, 그가 수사학과 대결을 벌인 데 대해서도 경제적 경쟁관계라는 동기를 소홀히 해선 안 된다. 그러나 여기에 두 가지가 더 추가된다. 그 하나는 소피스트 수사학이 특히 정치적 조작에 사용되는 깊이 없고 한낱 도구적인 이론으로 발전한 것과 관련된다. 레싱은 자신이 속한 시대의 타락 현상을 염두에 두고 그러한 희화(戲畫)를 '쓰레기 계몽주의(Aufkläricht)'라 부른 바 있다. 다른 하나는 훨씬 더 중대한 것으로서, 소피스트 수사철학의 핵심인 한 가지 모순과 관계되는 것이다. 후대의 철학사 서술을 위한 대표적인 예를 제공한 사람은 고르기아스였다. 그는 〈헬레나〉 송(頌)에서 "웅변이란 위대한 영주와 같은 것이다"라고 의기양양하게 말하고 있다: "외양은 작고 초라하지만 뛰어난 업적을 수행한다. 웅변은 두려움을 가라앉히고 슬픔을 없애 주고 기쁨을 불어넣어 주며 감동을 증대시킨다."(곰페르츠, 《소피스트와 수사학》, 4쪽) 웅변의 맹위에 거의 도취되어 있는 고르기아스는 쉬지 않고 수사학의 전능을 과시하는데, 이는 유희적이기도 하면서 교육상의 목적을 위한 것이었다. (그는 헬레나를 모든 비난으로부터 정화시켜 주는 자신의 저 유명한 웅변을 '헬레나에겐 칭찬이지만 내겐 한낱 유희'라 부르고 있다.) 그래서 그는 수사학에서 재판관이나 청중에게 전달하기 힘든 경우로 불리는 특별히 대변하기 까다로운 주제들을 골랐다. 따라서 헬레나 이외에 죄가 확인된 밀고자(팔라메데스)를 변호하거나 역설적인 명제를 증명하기도 했다: "첫째, 아무것도 존재하지 않는다. 둘째, 뭔가가 존재한다 하더라도 그것은 인간으로선 인식할 수 없을 것이다. 셋째, 그것이 설사 인식 가능한 것이라 하더라도 남들에게 전달하거나 이해시킬 수 없을 것이다."(섹스토스, **fr.**3) 사람들은 흔히 소피스트주의의 허무주의적인 핵심을 바로 이 말로 환원시킬 수 있다고 믿었는데, 이 말은 사실 역설적이어서 대변하기 힘든 한 가지 주제에 대한 대표적 장광설(長廣舌)일 뿐이다. 그런 연유로 에른스트 블로흐(1885-1977)는 이 말의 특징이 '경박한 허무주의' '터무니없는 어린아이 같은 만용'이라고 말하고 있다.(블로흐, 《라이프치히 강의》, I권, 105쪽)

모든 것을 할 수 있고, 모든 것을 가능하고 지당하게 만들 수 있다는 자신감이 여전히 소피스트들의 지극히 난삽한 토론에서 엿보인다는 것은 상당히 인상적이다. 그 이면의 원칙적 가정만 하더라도 수사학적 교육에 방법론상의 어려움을 가져다 준다. 만약 설득력 있는 변론이 '원하는 것을 영혼에 새겨넣어 결정적인 영향력을 행사하고' 설득의 대상이 되는 사람들로 하여금 '말을 믿고 행동에 동의할 것'을 강요한다면(고르기아스, 《헬레나》, 82 B 11), 그 변론은 사회와 국가에서 바르게 살고 행동하라고 가르치는 데 사용하는 바로 그 원칙, 즉 서로 대립하는 견해들을 협의하고 중재한다는 원칙을 무효로 만들어 버린다. 사실 한편으로 이러한 일반적인 수사학적 교육 목표와 다른 한편으로 제대로 적용하여 억지로 동의를 이끌어 내는 수단들을 가르칠 수 있으리라는 수사학자의 구체적인 성공 확신이 도대체 서로 어떻게 합치될 수 있단 말인가? 만약 후자의 경우라면, 결국 그 협의라고 하는 것엔 더 이상 접근조차 할 수 없고, 생각해 낼 수 있는 모든 수사적 기교 수단들을 동원하여 피력된 견해가 어쩔 수 없이 승리를 거두고 말 것이다.

이 딜레마에 직면하여 소피스트주의는, 의견 지식의 영역을 초월하여 그냥 내버려두면 영원히 승패가 가려지지 않을, 대립적이긴 하지만 똑같은 정도로 설득력 있게 내세워진 의견들 사이의 싸움에서 결정적인 역할을 맡게 될 한 가지 척도를 도입함으로써 자신들의 전제를 넘어서고 있다. 그것이 바로 주관적 타당성과 객관적 유용성 사이의 구분이다. 소피스트적 변론가는 가능성의 영역을 넘어서는 요구를 추가적으로 하고 있는데, 그것은 유용한 것에 대한 지식을 소유하고 변론을 통해 국가로 하여금 "여태까지의 유해한 것 대신에 이제 유익한 것이 그렇게 나타나고 존재한다"(플라톤, 《테아이테토스》, 167c)라는 확신을 심어 줄 수 있어야 한다는 요구이다.

이로써 의견 대립에서 벗어나 있는 사전 지식이란 존재하지 않고 진리에 대한 독점 요구도 없으며(가령 유용한 것과 유익한 것의 진리) 단지 가능한 것을 처리하는 일만이 남는다고 하는 계몽주의적·소피스트적 기본 명제를 포기한 셈이다.

특히 플라톤을 비롯한 철학자들은 유용한 것도 단순히 가능한 것, 주관적으로 내세워진 것임을 입증하면서 이 자기 모순에서 시작할 수 있었다. 왜냐하면 수사술 자체로부터는 유익한 것과 유해한 것, 유용한 것과 해로운 것 사이를 구별하는 원칙을 증명할 수 없고, 그 대신에 여러 견해들의 저편에서 더 이상 수사학적으로가 아니라 철학적으로 확인할 수 있는 관점이 오히려 필요하다고 보기 때문이다. 수사학자가 이 의존성으로부터 벗어나고자 한다면, 그는 보다 강한 자의 우월성과 조작 및 기만에만 전력을 기울이게 된다는 것이다. 그렇다면 수사학이란 치료 기술이 아니라 치료 기술이라고 자칭하는 요리 기술인 셈이다. 소크라테스의 입을 빌린 플라톤에 따르면 수사학은 "몸에 가장 좋은 음식이 어떤 것인지 알고 있다고 자처한다. 그래서 만약 어린아이들 또는 그들만큼이나 분별력 없는 사람들 앞에서 의사와 요리사가 자신들 가운데 누가 유익하거나 해로운 음식에 정통한지를 놓고 실랑이를 벌인다면 의사는 굶어죽을 것이다. 나는 그것을 감언(甘言)이라 부르겠고, 그것이 나쁜 것이라고 주장한다……. 왜냐하면 그것은 가장 좋은 것은 빼놓은 채 편안한 것을 추구하려 하기 때문이다. 그것이 기술(Kunst)이라는 것을 나는 부정한다. 그것은 연습일 뿐이다. 왜냐하면 수사학은 그것이 적용하는 대상, 그 본성에 속하는 것에 대한 통찰을 갖고 있지 않기 때문이다. 말하자면 수사학은 어떤 대상의 이유를 댈 줄 모르기 때문이

다. 분별력 없는 것을 기술이라 부를 순 없는 법이다."(플라톤, 《고르기아스》, 464d-465a)

플라톤의 수사학 비판은 실제로 소피스트주의의 약점을 지적했기 때문에 큰 영향력을 행사할 수 있었다. 말하자면 플라톤이 그의 경쟁자들에게 했던 모든 비난, 즉 수사술이라는 것이 올바른 것과 유용한 것이 무엇인지 알지도 못하면서 알고 있는 체하는 한낱 사이비 기술에 불과하며, 따라서 그런 식으로 젠체하기 위해 대중의 박수갈채에 의존해 있고, 대중이 그밖의 경우엔 다른 어느곳에서도 수사학적으로 얻을 수 없는 확실성에 동의하도록 하기 위해 대중에 아첨하지 않으면 안 된다고 하는 비난은, 소피스트 수사학이 성공과 주관적 관철 능력을 위해 도구화된 데서 생겨난 그 근본적인 자기 모순을(덧붙이자면 수사적으로 능숙한 방법으로) 펼쳐 보이고 있다. 소피스트 변론가들은 인간 언어의 전능에 대한 확신을 가지고 있다 보니, 사회의 실생활 분야와 정치적 협의 기구 및 결정 기구의 분야를 그 자체에 내재해 있지 않고 의견 충돌시 올바른 것을 방법론적으로 얻을 수 있는 다량의 재량권으로 간주하게끔 되었다.

그러나 만약 플라톤의 수사학 비판에서 파괴주의적 성향만을 따로 떼어내려 한다면 그것은 플라톤의 의도를 잘못 파악한 소치일 것이다. 잘 들여다보면 수사학에 맞선 플라톤의 투쟁은 (진정한) 수사학을 놓고 벌인 투쟁이었고, 바로 그 때문에 수사학은 이 저명한 적대자의 덕택으로 많은 것을 얻게 되었다. 플라톤은 소피스트들의 전제를 문제시하면서 그들의 자기 성찰을 북돋아 주고 수사학적 윤리학과 수사학적 교육학에 관한 토론을 강화시켰던 것이다. 개연성과 합리성, 변증법(논리학)과 수사학의 상호 의존관계는 플라톤을 통해 비로소 새롭고 발전적인 방식으로 활성화되었다. 플라톤 자신이 구상했던 것은 물론 철학의 시중을 들도록 하는, 즉 자신의 외부에서 철학적인 방법으로 얻어진 합리성과 진리를 인간의 삶의 현실과 함께 확실하게 전달해 주도록 하는 수사학이었다. 이것은 결국 수사학의 형식 교수법적 축소로 귀결된다. 따라서 플라톤이 그리는 이상적인 웅변가는 완벽한 변증법자, 즉 합리적·논리적 논증을 자유자재로 구사하는 데서 그 최정점의 기술을 보여 주는 논리학자이다.

종합과 분석, 이 두 가지 변증법적 절차의 구성 성분은 플라톤에게 있어서 전제이자 동시에 진정한 수사학의 가장 깊숙한 본질이다. 수사학의 중개자 기능엔 물론 또 하나의 능력, 즉 심리에 대한 지식 내지 웅변 청중의 마음에 미치는 작용에 대한 지식이 속하는데, 바로 이것이 수사학을 심리치료교육학(Psychagogie)으로 만드는 것이다: "만약 누군가 자신이 말하고 쓰는 모든 대상의 진정한 속성을 알지 못하고, 그것을 그 자체로서 온전하게 설명할 수도 없으며, 그것을 설명한 후에 다시금 더 이상 나눌 수 없을 때까지 그 하위 종류들로 나눌 수도 없고, 또한 각각의 마음에 알맞은 연설을 발견해 내어 그것을 배열하고 장식하여 화려한 마음에는 마찬가지로 화려하고 듣기 좋은 연설을, 단순한 마음에는 단순한 연설을 할 줄 모른다면, 형편이 허락하는 한 그는 우리의 이전 연설이 보여 주었던 바 가르쳐 주기 위해서도 아니고 설득시키기 위해서도 아닌 연설들 각각의 종류를 기술적으로 다룰 능력을 아직 갖추고 있지 못한 것이다."(플라톤, 《파이드로스》, 277b-c)

III

아리스토텔레스: 수사학적 논증

1. 선구자: 알렉산더 수사학

현존하는 가장 오래된 수사학 교과서는 아리스토텔레스라는 저자명 아래 전승되었는데, 이 책이 보존될 수 있었던 것은 이 책이 알렉산더 대왕에게 바치는 글("아리스토텔레스가 알렉산더에게 좋은 일이 많이 생기길 기원합니다": 아리스토텔레스, 《알렉산더에게 바치는 수사학》, 1421*a*)로 시작한다는 이유에서 《알렉산더에게 바치는 수사학》이라는 제목을 달고 있다는 사실 덕택이다. 바로 이 헌사(獻詞)가 이 책이 아리스토텔레스의 저서임을 합법화시켜 주었던 것이다. 이 견해는 오늘날 더 이상 지지받고 있지 않다. 실제 저자로 간주되는 사람은 람프사코스의 아낙시메네스인데, 바로 이 사람이 기원전 340년, 그러니까 아리스토텔레스의 저서가 나오기 바로 전에 여전히 소피스트적 정신으로 씌어진 그 교과서를 집필한 사람이다. 알렉산더 수사학과 아리스토텔레스 수사학 사이에는 특히 증명론에서 전적으로 객관적인 연계점들이 존재한다. 이로써 아리스토텔레스가 그의 선배들한테서 많은 덕을 보았으며, 수업을 목적으로 썼던 그의 교과서가 바로 그 구체적 상술 과정에서 그때까지의 수사학적 지식을 총괄하여 기록해 놓고 있음이 또한 부수적으로 드러난다.

따라서 이 자리에서는 알렉산더 수사학에 대한 몇 가지 일반적인
언급만으로 충분할 것 같다. '알렉산더에게 바치는 저자'는 수사학
의 장르론에다가 또 하나의 종류를 덧붙이고 있는데, 그것이 '검증
연설'(아리스토텔레스, 《알렉산더에게 바치는 수사학》, 1421b)이다.
이것은 "결심·행동 또는 말을 서로 비교하거나 그 이외의 삶과 비
교하면서 밝혀내는 것을 (의미한다.) 검증하는 사람은 자신이 표현하
려는 말, 자신의 행동 또는 자신의 결심이 어딘가에서 서로 모순에
빠져 있지 않은지를 따져 보아야 한다."(아리스토텔레스, 《알렉산더
에게 바치는 수사학》, 1427b) 연설 부분과 더불어 저자의 주된 관심
대상은 수사학적 논증론으로서, 그는 이를 매우 공리주의적으로, 즉
그때그때의 이득에 따라 세우고 있고, 논쟁에서 승리자가 되려는
유일한 목표 아래 주저없이 논쟁술적 기교들을 추천하고 있다. 그
가 소송 상대자에 대해 증오할 만한 일들이나 악의에 찬 험담을 지
어내도록 권고하든, 또는 필요하면 원인과 결과를 바꿔치기함으로
써 진리와 상반되는 것을 주장하도록 권고하든간에 사람들이 일반
적으로 소피스트주의의 부정 개념과 연상시키는 저 가치상대주의가
도처에 깔려 있다. 이 교과서를 읽어보면 플라톤의 비판이 그후에
다가올 수사학의 재구성에 있어서 얼마나 중요한 역할을 했는지 알
수 있다.

2. 의견 지식의 이론

플라톤이 웅변에 대해 내건 요구들과 그 요구들에 실제로 부합하

는 이론적 · 개념적 · 교수법적 생각들로부터 이끌어 낼 수 있는 가장 광범위한 결론을 이끌어 낸 사람은 그의 제자 아리스토텔레스였다. 아리스토텔레스는 플라톤의 아카데미에서 수사학을 강의하기도 했는데, 그 강의를 위한 자료로 이용한 원고에서 자신의 수사학 이론을 발전시켰다. 완성된 교과서도 아니었고 철학적 기초 연구서도 아니었던 바로 이 원고가 우리에게 아리스토텔레스의 수사학으로서 문서 자료로 전승된 것이다. 그의 원래 규정엔 일관되지 못한 점이 더러 있는데, 후대의 연구는 여기에 채여 가령 수사학적 생산 단계들을 제각기 다룬다거나, 토포스 개념을 순전히 형식적인 범주로 본나든가 이니면 보다 더 실질적인 범주로 보는 등 오락가락하고 있다.

그러한 사실을 확인했다고 해서 이 책의 의미가 한정될 수는 없다. 아리스토텔레스의 《수사학》은 비록 고대에 잘 읽혀지지 않았고 나중에도 오히려 간접적으로만 영향을 끼쳤으나, 그 이전에 나왔던 교과서들처럼 그렇게 기교적인 연설 생산을 위한 지침에서 그치지 않고 이 측면에 대해서는 심지어 비교적 작은 비중을 두고 있는 최초의 이론서이다. 그 대신에 아리스토텔레스의 생각에서 중심적인 것은 의견 지식, 가능한 추론, 믿을 만한 논증, 감정 근거를 통한 확신 심어 주기(Psychagogie) 등에 대한 이론으로서의 수사학이다. 이것도 그리 새로운 것이 아니었는데, 소피스트 수사학이 이 분야에서 이미 앞선 생각을 갖고 있었던 것이다. 그렇지만 아리스토텔레스는 그것을 넘어서서 수사학적 지식의 성취력과 한계, 그리고 진보된 인식에 도달할 수 있는 그 방법론적 가능성을 연구했다. 이렇게 본다면 그의 'Ars Rhetorica'는 동시에 수사학의 학문 이론인 셈이다.

"능변의 이론은 변증법과 짝을 이루는 것이다. 이 둘이 다루는 대상에 대한 인식은 어느 특별한 학문에만 고유한 것이 아니라 일정한 방식으로 모든 학문에 공통적인 것이다. 따라서 모든 학문은 그 어떤 방식으로든 이 두 분과 학문에 참여하고 있는 셈이다. 모든 사람들이 어느 정도는 논거를 검토 내지 지지하고 스스로를 변호하거나 고발하기에 애쓰는 게 사실이다. 그런데 대다수의 사람들은 이것을 계획 없이 하거나 정신적 소질에 기초한 습관에 따라 한다. 이것이 두 가지 방법으로 가능하므로 이것을 방법론화시키는 것도 분명 가능해야 한다. 어떤 사람들은 어째서 습관의 덕으로 성공을 거두고 다른 사람들은 어째서 우연히 성공을 거두는지 우리는 그 원인을 연구할 수 있다. 그러나 모든 사람들은 그런 것이 이미 이론의 과제라는 것을 아마 인정하고 싶어할 것이다."(아리스토텔레스, 《수사학》, 1354*a*) 수사학은 문제 지향의 학문으로 간주되지만 그 주제들은 논란의 여지가 많고 결정되어 있지 않은 것들이며, 논리적 연역(변증법에서처럼)으로써뿐만 아니라 그럴듯한 논거로써 결정을 내릴 수 있는 것들이다. 따라서 수사학은 우리가 숙고하고 논증을 통해 답변할 수 있는 모든 사안을 다룬다.

이미 아리스토텔레스의 《수사학》의 출발이 한편으로 그가 그때까지의 수사학적 전통에 굳건히 뿌리박고 있다는 것을 보여 준다. 물론 소피스트들도 바로 그것을 자신들의 견해의 토대로 삼았다. 아리스토텔레스는 다른 한편으로 수사학에 대해 비판적으로 검증하는 관계를 유지하고 방법적·이론적 완성을 목표로 했는데, 이것은 모든 학문이 논증을 제시하고 변증법적(논리적) 또는 수사적 수단을 사용하는 한 그만큼 더 아리스토텔레스에게 있어서 필수적인 것으로 여겨졌다. 따라서 아리스토텔레스의 《수사학》은 무엇보다도 논증론적인 방향을 취하는 데 반해, 감정과 감정 유발에는 이론적으로 부차적인 의미만이 부여된다: "여태까지 능변의 이론을 세웠던 사람들로 말할 것 같으면, 그들은 이 이론의 작은 일부만을 발견했다. 유일하게 설득 수단만이 이론에 속하고 다른 것들은 모두 덤이다. 그들은 말하자면 논증법(수사적 추론 절차)에 관해 이야기하지 않는데, 사실 이것이야말로 바로 설득의 토대이다. 그들이 다루는 것은 대개 원래의 과제에 속하지 않는 것이다. 왜냐하면 의심·동정·분노 및 그와 같은 마음의 감정들은 사안 자체가 아니라 재판관을 목표로 하기 때문이다……. 재판관을 화나게 만들고, 시기하게 만들고, 동정심을 갖도록 함으로써 그를 혼란스럽게 해선 안된다. 만약 그렇게 한다면 그것은 바로 잣대로 사용하려는 것을 미리부터 구부러뜨리는 것과 마찬가지일 것이다."(아리스토텔레스, 《수사학》, 1354a)

플라톤의 제자는 어쨌거나 스승의 전제들로부터 인간의 합리성과 실생활을 강조하는 자기 자신만의 결론을 이끌어 내었기 때문에 따로 자신의 학교(Peripatos)를 세워야 했다. 그는 일단 수사학을 철학적(변증법적)으로 세워야 한다는 플라톤의 요구에 따르는 일 이외에는 아무것도 하지 않는 것처럼 보인다. 물론 그의 구상은 이미 처음부터 새로운 방향을 지향하고 있었지만 그의 스승에겐 어떤 점에서 마치 소피스트주의에 대한 승인인 것처럼 여겨졌을 것이다. 아리스토텔레스가 수사적 연설의 목표이자 동시에 척도로서 확인하는 것은 진리가 아니라 신빙성, 다시 말해 실제 사태에서 올바름이라는 요구에 부합하고 인간의 사회적 행위 지향에 들어맞아야 한다는 점

이다: "수사학은 각각의 대상에서 믿음을 불러일으킬 수 있는 요소를 인식하는 능력이라고 한다. 이것은 다른 이론들이 갖지 못하는 기능이다. 어떤 이론이든지 그것이 다루어야 할 대상에 대해 가르쳐 주고 확신을 주려 한다. 예를 들어 의학은 건강하다는 것 내지 병들었다는 것이 무엇인지에 대해, 기하학은 크기와 관계된 것에 대해, 대수학(代數學)은 숫자 및 동일한 방식으로 나머지 이론적 지침들과 학문들에 대해 가르치고 믿음을 주려 한다. 그에 반해 능변의 이론은 이를테면 주어진 각각의 대상에서 믿음을 불러일으키는 것을 연구할 수 있는 것 같다. 그런 이유에서 우리는 수사학에 대해 그것이 특정 종류의 대상에 국한된 고유한 이론적 지침 분야를 갖고 있지 않다는 주장을 하기도 하는 것이다."(아리스토텔레스, 《수사학》, 1355b)

이로써 수사학이 다루는 대상 분야의 윤곽이 잡힌 셈이다. 그것은 실질적·내용적으로 정해져 있는 어느 연구 사안 분야(우주의 응집, 종교적 또는 세속적 정의(正義))에 한정되지 않고 편재적(遍在的)이며 설득을 일구어 내는 모든 언어 행위와 관계된다. 아리스토텔레스는 여기서 또한 원래의 수사학적 문제들이 열려 있고, 어느쪽으로 결정난 상태가 아니며, 중요한 것은 가능한 설득 수단을 발견하는 일이라고 암시하고 있다. 명령과 복종의 구조에 따라 결정되거나 측량과 연산을 통해 결정되는 교리주의적 이론들 또는 문제들은 수사학의 담당 분야에 속하지 않는 것이다.

또 하나 덧붙이자면, 어떤 대상을 단순하게 내보이는 것만으로는 그것이 타당성을 획득하도록 돕는 데 미흡하다. 달리 말해 어떤 대상이 흡사 자연에 따른 것처럼 스스로를 나타내 보인다는 것은 인간의 세계에선 존재하지 않는다. 괴테가 말한 "오성(悟性)과 올바른 감성은 별다른 기교 없이도 스스로를 나타낸다"라는 문장은 물론 가공 인물(파우스트)에게 타이른 말이었지만 망상에 기초하고 있는 것이다. 어떤 대상을 제시하거나 가리킨다고 하는 것은 언제나 '믿음을 불러일으킬 수 있는 것,' 확신을 줄 수 있는 그 측면들을 제대로 비추어 주도록 하는 수사적 행위이다. 설득력의 정도에 있어서만 차이가 나는 제시 방식들 가운데서의 선택만이 있을 뿐이며, 사안에 충실하려는 법률가나 정치가의 태도는 진정한 수사적 수단이지 수사적 논증을 외면하는 것이 아니다.

3. 수사학적 추론과 말터 체계

아리스토텔레스가 그에 앞선 수사학들로부터 이끌어 낸 두번째 기초적 귀결에 따르면 이 논증의 방법은 추론이라는 것인데, 추론은 이미 그 타당성이 확인되고 용인된 가능한 명제와 관계될 때 연역적으로 진행되고, 보기에 의존할 경우 귀납적으로 진행된다. 아리스토텔레스는 수사적 논증에 해당되는 한 연역적 추론을 논증법적(enthymematisch)이라 불렀고, 귀납적 추론을 통합적(paradigmatisch)이라 불렀다. 이러한 추론의 철학적 토대는 삼단논법식 연역 추론으로서, 이 경우 판단의 자명한 필연성은 학문적으로 증명하는 논리적 삼단논법에만 해당되고, 개별 사례들로부터 일반적인 것으로 나아가 모든 가능한 개별 사례들이 그 이전에도 마찬가지로 검증될 수 있었을 경우에만 그 필연성에 도달할 수 있는 귀납 추론보다 언제나 더 강력하다. 의견을 교환하거나 자신의 입장을 해명하기 위해 또는 매우 중요한 행위 결정을 내릴 때 삼단논법식의 추론은 쓸모없는데, 왜냐하면 이 추론의 논증력이 중(中)개념에 있는데다가 그 안에 실재 이유와 인식 이유가 동시에 포함되어 있는지에 의해 좌우되기 때문이다.

엄격히 말해 이러한 형태의 필연적 판단은 수학에서만 존재한다. 그래서 아리스토텔레스는 "어떤 문제가 제기되든지간에 가능한 명제들로부터 결론을 도출할 수 있게 해주고, 우리 스스로 해명해야 할 경우 모순에 빠지지 않도록 해주는 방법을 발견하라"(아리스토텔레스, 《토피카》, 100a 18)는 과제를 던졌다. 변증법과 수사학에 똑같이 유용한 이 방법은 일반적으로 타당하여 대부분의 사람들이 참으로 간주하고, 따라서 참을 수 있고 명백한 기본 가정들(endoxa)로부터의 추론에 기초한다. 이 기본 가정들 안에는 또한 수사학적 추론의 초석인 토포스들도 자리잡고 있다. 이 토포스들은 공통된 견해에 의거하며 이로부터 그 논증력을 취한다. 예를 들어 '가능성과 그 반대, 뭔가가 일어났는지 또는 일어나지 않았는지(사실성)'에 대한 토포스와 '존재할 것인가 아닌가, 사물의 크기에 대한' 토포스가 그것이다.(아리스토텔레스, 《수사학》, 1393a)

아리스토텔레스는 이로써 자신이 의도하는 바를 폭넓게 상술하고 예를 들어가며 보여 주었다: "게다가 더 무거운 것은 더 가벼운 것보다 일반적으로 더 중요하다. 왜냐하면 그것이 더 드물기 때문이다. 다른 한편으로 더 가벼운 것이 더 무거운 것보다 더 중요한 경우도 있다. 말하자면 우리가 원하는 바로 그대로 되어 있는 경우이다."(아리스토텔레스, 《수사학》, 1364a) 토포스란 확신을 주는 전제

나 특정한 결론을 위한 보장으로서 써먹을 수 있기 위해 하나의 특
정한 논증 맥락 안에서 현실화되어야 하는 것이기 때문에 각각의 토
포스는 극도로 상이한, 심지어 상반된 결론들의 출발점일 수 있다.
(그래서 더 가벼운 것이 어떤 때는 더, 어떤 때는 덜 중요할 수 있다.)
토포스는 그 자체로서 중립적이고 여러 가지 행위 맥락이나 토론 맥
락에서 사용 가능하다. 토포스는 또한, 여전히 큰 기능성을 갖고 있
지만 이미 제한되어 있는 일반명제들, 즉 물질적·내용적으로 이미
보다 더 구체화되어 있는 기본명제들의 토대이기도 하다. 예를 들
어 위에서 인용한 바 있는 '사물의 크기'에 대한 토포스에 기초하고
있는 것이 '시작이 반이다'〔'Aller Anfang ist schwer'; 이를 직역하면
'모든 시작은 어렵다'이다〕와 같은 상투어이다.

4. 에토스·파토스, 그리고 수사학 체계

이러한 수사학적 합리성의 토포스들 이외에 아리스토텔레스는 감
정 유발(pathos)과 성품 표현(ethos)의 토포스들을 체계화하고 있다:
"연설을 통해 나타나는 설득 수단에는 세 가지 종류가 있다: 설득
수단은 연사의 성품에 근거하든가, 청중으로 하여금 어떤 기분을 갖
도록 만드는 데 근거하든가, 또는 끝으로 연설 자체에 근거한다. 다
시 말해 증명이나 유사 증명을 통해 설득에 도달한다."(아리스토텔
레스, 《수사학》, 1356a)
  인물의 신뢰성, 영리함, 도덕적 무결(無缺), 호의적인 태도는 청
중으로 하여금 의견을 형성하거나 판단을 내리게끔 만드는 감정들

과 마찬가지로 수많은 증명 수단을 낳는다. 화가 나 있든 동정심에 사로잡혀 있든, 사람들이 판결을 내릴 때 감정의 토대에서 출발하는 것과 똑같이 누군가 덕조(德操)가 높다거나 돈의 꾐에 잘 빠져든다고 간주되는지는 어떤 결정을 내릴 때 중요하다. 이러한 토포스들의 학문적 논증력은 작을지 모르지만 그렇다고 해서 감정 토대의 작용과 그 신뢰성이 의심받지는 않는다. 아리스토텔레스는 이 장에서 한편으로 설득력 있는 연설을 심리학적으로 뒷받침하라는 플라톤의 요구(감정이 인간의 의지를 결정짓는다고 하는 그의 통찰에 따라)로부터 귀결을 이끌어 내고 있고, 다른 한편으로 수사술을 윤리학적으로 뒷받침하라는 스승의 요구에도 응하고 있다. 수사학과 윤리학은 성품 표현의 토포스 체계를 통해 밀접하게 연결되고 있으며, 더욱이 폴리스라는 공간에서 행위 지향과 결정 탐색에 관여한다는 점에서 정치와 결부되고 있다.

수사학의 인식론적 안전장치가 아리스토텔레스 덕택이라면, 그는 그것을 넘어서서 첫 발단의 형태로부터 수사학을 체계화시키는 작업을 두 가지 관점에서 마무리지었다. 그 하나는 연설 종류들의 분류와 관계된다. 이 분류는 어떤 연설에서든지 결정을 내리고 인식과 관심을 이끄는 역할을 하는 주체인 청중에 맞추어진다. 청중이 즐기는 식으로 행동하면, 그것은 축제연설이다. 청중이 지나간 행위에 대해 판단해야 하면 청중은 재판관으로서 등장한다. 청중이 미래의 사건에 대해 결정을 내려야 한다면 청중은 상담자의 역할로 나타난다. 이로부터 세 가지 수사학적 장르가 나누어진다: 칭찬(또는 비난)연설(genos epainos)·법정연설(genos dikanikon)·협의와 정치연설(genos symbouleutikon). 이 세 가지 연설에 원칙적으로 공통된 것

(이것이 또 하나의 체계적 마무리이다)은 다음과 같은 연설가의 과제이다: 1)재료·논거·증거의 착상(inventio), 2)재료·논거·증거의 언어적·문체적 가공(elocutio), 3)생각과 연설 텍스트의 효과적 배열(dispositio). 이 삼원도식에다가 나중에 실제적으로 더 중대한 과제(어쩌면 바로 그 이유에서 아리스토텔레스가 뺐을)인 기억과 발표가 보충되고 그 순서도 수정되어 배열이 두번째 위치로 옮겨오게 된다. 아리스토텔레스는 이미 배열 자체를 다시금 연설 부분에 맞추고 있다: 1)도입(prooemium), 2)사태의 설명·서술(diegesis), 3)논증(pistis), 4)결론(epilogos).

아리스토텔레스가 생각하는 이상적인 연설가란, 어떻게 결론을 이끌어 내고 토포스를 이용하여 논증할 수 있는지 알고 그것을 넘어서서 인간 본성을 고려할 줄 아는, 다시 말해 인간을 동물로부터 구별시켜 주는 특성, 즉 지각이 인식에 이를 수 있고 감정이 윤리적 행위를 규정하기까지 한다는 것을 이해하고 있는 변증가이다. 인간은 그 어느 누구도 자의(自意)에 의해 부정을 행하지 않는다고 하는 기존 철학의 낙관주의적 견해는 소피스트들에 의해 이미 의심받아 왔고, 현실주의적·수사학적 지성에 의해 재차 교정된다. 만프레드 푸어만은 아리스토텔레스의 수사학 교과서가 차지하는 역사적 위치를 다음과 같이 단호하게 요약하고 있다: "고르기아스에서 아낙시메네스까지, 소크라테스에서 아리스토텔레스까지 소피스트들의 도전과 그에 대해 철학에서 보인 반응의 적대관계는 약 1백여 년 동안, 즉 기원전 430년부터 330년까지의 시기에 그리스 정신사를 움직이는 힘이었다. 후대의 관찰자는 그 대단했던 대결관계의 성립 과정에 대한 직접적인 인상을 얻기에 충분한 양의 증거 문서들——모범 연설·강령서·수사학 교과서——을 참고할 수 있다. 그러나 이 흐름에 속하는 저서로서 가장 늦게 나온 아리스토텔레스의 《수사학》 이후에 상황은 근본적으로 달라진다. 헬레니즘 시대의 수백 년 동안, 아리스토텔레스부터 기원전 약 90년경에 라틴어 원전을 사용하기 시작할 때까지의 시기에 직접적 전승은 완전히 사라지게 되었던 것이다……."(푸어만, 《고대 수사학》, 36쪽)

IV

로마 수사학

1. 환 경

그리스와 아주 흡사하게 로마에서도 실생활에서의 수사술 사용이 수사학 이론에 앞서 나타났나. 최초의 교과서와 학교가 생기기 이전에도 고정된 규칙에 따랐고 패턴을 갖춘 구조를 형성했던 조사(弔詞; laudatio funebris)의 전통이 이미 존재하고 있었다. 이와 비교할 만한 것이 굵직한 인물의 정치연설이었는데, 아피우스 클라우디우스 카이쿠스 · 대(大)카토 · 티베리우스 그라쿠스 · 가이우스 그라쿠스 · 안토니우스 루푸스 · 리키니우스 크라수스 같은 정치가들은 키케로가 자주 칭송하던 그의 위대한 선배들이었다.

그리스에서 완성된 수사술을 받아들이기 위한 환경은 또한 로마 공화국에서 특별히 유리했다. 정치적 결정권은 6백여 명에 이르는 원로들로 구성된 원로원의 손에 있었고, 이 최고위원회 앞에서 공동의 협의와 상호 설득을 통해 결정이 도출되어야 했는데, 흔히 두 번째 단계에서 그때그때 결정된 사항들을 시민들에게 공개적으로 전달할 필요가 있었다. 법률 분야에서도 행위 지향에 대한 욕구가 있었다. 공개적인 형사소송은 병원회(兵員會) · 평민 재판관 또는 배심원의 손에 달려 있었다. 왜냐하면 모든 중범죄의 경우 민중만이 심판할 수 있었기 때문이다. 민사소송은 광장과 인민집회에서 공개적으로 열렸고, 이 소송에서 결정 탐색을 위한 사안 중심의 연설이 가장 중요한 역할을 했다.

그 이전까지만 해도 수사학은 원래 그리스의 업적으로서 그리스 언어에 결부되어 있었다. 수사학은 군주제하에서 기교 연습으로서 전승되었고, 헬레니즘 시대의 학교에서는 문법 다음으로 주로 문학과 언어 연구에 쓰였으며, 오로지 문학작가의 연구 전유물이었던 스토아 학파의 전의(轉義) 이론, 즉 전용된 낱말에 관한 이론을 위한 토대를 이루었다. 그렇지만 문제의 소지는 충분히 남아 있었다. 수사학이 어느덧 라틴어로 가르쳐졌고, 억압받는 정치적 반대 세력한테서 큰 역할을 하고 있었기 때문에 로마 귀족들 사이에서는 심지어 원치 않는 교과 대상으로 선언되기까지 했다. 공화국은 마침내 푸대접받는 이 분과를 재활시켜 기원전 86년과 82년 사이에 로마 최초의 수사학 교과서가 나타나게 되었다. 이 교과서는 오랫동안 키케로의 젊은 시절의 저작인 것으로 간주되었는데, 특히 그의 수사학 저서 《수사학 또는 수사학적 착상술에 대하여》가 얼마 지나지 않아 나왔기 때문이다. 오늘날 대개 그 헌정 대상자에 따라 '헤레니우스 수사학'이라 이름 붙여지는 책은 오로지 실용적 사용을 위해 만들어진 것이었고, 그 이론적 관련 틀은 어디까지나 그리스 수사학이었으며, 독자적인 원칙을 만들려는 노력은 결여되어 있었다.

2. 최초의 로마 수사학 두 권

'헤레니우스에게 바치는 저자(Auctor ad Herennius)'라 불리는 익명의 저자는 수사학 교과 분야 전체를 다루고 있다. 그는 연사의 작업 단계를 다룬다. 그 첫 단계는 inventio(착상)로서 재료 착상, 논거 확인, 주제 및 효과적인 이성과 상상력의 대상을 착상하는 창조적 단계이다. 두번째 단계는 dispositio(배열)로서, 이것은 사안·목적·청중을 똑같이 고려해 가며 설득을 지향하여 재료와 논거들을 선택·배열하는 것이다. 전통적으로 특별히 중요하게 받아들여지는 세번째 단계가 elocutio(표현)인데, 이것은 생각을 언어로 옮기고 문체적·예술적으로 표현하는 것이다. 네번째와 다섯번째 단계는 me-moria(기억)와 pronuntiatio(발표)로서, 이는 기억 속에 연설을 새겨넣어 최종적으로 청중 앞에서 그 연설을 발화하고 실행하는 것이다.

저자는 장르론에서 법정연설과 정치연설에 특별한 무게를 두고 있다. 식장(式場)연설은 무엇보다도 그 주된 과제인 인물에 대한 칭찬 및 비난이 다른 두 연설 종류에서도 중요한 역할을 하기 때문에 어느 정도 의미를 갖는다. 연설의 구조는 이미 익숙한 형태로 다루어진다: 도입(exordium)-과정 서술 내지 사태 설명(narratio)-증거 제시 또는 논증(argumentatio)-결론(peroratio). 법정연설에 관한 여러 단원에서는 토의가 이루어지는 이유이자 그 토의에서 다루어지는 대상을 우선적으로 밝혀 주는 쟁점들에 관한 이론이 매우 상세하게 전개되고 있다.

'헤레니우스에게 바치는 저자'는 이 문제에 있어서도 그리스 전통에 따르고 있다. 기원전 2세기 후반기에 처지론을 발전시켰던 사람은 템노스의 헤르마고라스였다. 그가 내린 훈령에 따르면, 사태는 논증적으로 해명될 수 있는 것이어서 genus rationale(추론적 종류)에 해당되거나, 아니면 그 사태를 해결하기 위해 법률·계약의 해석이 필요하므로 genus legale(법적 종류)에 속한다. 이 두 경우에 문제들은 각각 네 가지 방식으로 계속해서 정밀화되고 서로 구별될 수 있다. 쟁점이 범인, 그의 정신 상태, 동기에 대한 짐작에 기초하고 있으면 status coniecturalis(추정의 처지)라 부른다. 범행이 어떻게 평가받고 명명될 수 있는지 분명하지 않은 경우 status definitivus(규정의 처지)에 처해 있는 것이고, status qualitatis(송치의 처지)는 사건에 대한 평가와 정당화 근거의 문제에 관련된다. 법정의 관할이나 다른 법정으로의 전가에 대한 논쟁 사안이라면 status translationis(송치의 처지)의 분야에 들어선 것이다. genus legale라는 두번째 큰 분야는 법률 해석과 계약 해석으로부터 쟁점들을 체계화하고 있다. status scriptum-sententia(문자적 의미-문장의 처지)는 자구(字句; 법조문)와 취지(법의 의도) 사이의 모순과 관련 있고, status leges contrariae(모순적인 법의 처지)는 둘 또는 그 이상의 법률이 서로 상충하는 경우에 나타난다. 중의성은 status ambiguitas(중의성의 처지)에서 쟁점이 될 수 있다. 끝으로 법률상의 빈틈 때문에 문제가 생길 수 있고, 이는 status ratiocinatio(추론의 처지)에서 유추를 통해 다른 규칙들로부터 해결될 수 있다. 헤르마고라스가 쓴 여섯 권의 수사학은 특히 법정 능변을 다루고 있는데, 이 책은 비록 소실되었지만 그것이 기초적인 중요성을 갖게 된 로마 수사학의 여러 교과서에 실린 개요로부터 추정할 수 있다.

헤레니우스 수사학에 뒤이어 나온 키케로의 청년 시절 저작 《수사학적 착상술에 관하여》에 대해서도 똑같은 것을 가정할 수 있다. 이 제목을 좀 자유롭게 번역하자면 《웅변가의 착상술에 관하여》인데, 미완성으로 남아 있는 이 저작은 실제로 연사의 첫번째 작업 단계인 inventio(착상) 및 이에 속하면서 목적 달성에 유용한 논거들을 규정하는 처지론만을 다루고 있다. 많은 경우에 세부 내용마저 서로 일치하는 이 로마 최초의 두 수사학 교과서의 가장 큰 차이점은, 키케로가 무미건조한 규칙 재료를 수사적 기교 산문의 요구 조건에 부응하여 다루고 있고, 독자에게 더 높은 사유 수준을 부과할 뿐만 아니라 줄기치게 정치와 수사학 사이의 관련성을 언급하고 있다는 점이다. 여기에서 이미 후세의 위대한 수사학 교과서들의 프로그램이 대체적으로 드러난다. 가령 저자가 지혜와 능변의 결합을 요구하고, 실용수사학을 정치적 이념을 실행하기 위한 수단으로 파악하며, 철학자와 웅변가를 새로이 통합시켜 보고자 하는 것 등이 그것이다.

3. 철학·윤리학 및 실제 정치의 결합으로서의 수사학: 키케로

키케로는 이러한 생각들을 자신의 정치적 역정을 끝낸 후에야 비로소 글로 정리하여 상세하게 확대시켰다. 그의 위대한 수사학 저서들의 한가운데에 서 있는 것이 교육 대화 《웅변가에 대하여》로서, 푸어만은 이 대화를 심지어 "고대가 남겨놓은 가장 중요한 수사학

서술"이라 칭송하고 있다.(푸어만, 《고대 수사학》, 52쪽) 이 책은 수사학 이론과 기술의 모든 분야를 포괄하고 있는데, 여기에 세 편의 짧은 저술이 보충되어 있다. 이 세 저술에서 중점적으로 다루어진 것은 실제 적용(《연설의 부분들》), 그리스의 웅변에서부터 자신의 업적을 포함한 로마의 웅변에 이르기까지 수사학의 역사적 발전(《브루투스》), 이미 아리스토텔레스의 제자 테오프라스토스(기원전 372-282)가 소실된 그의 저서 《문체에 대하여》에서 상술한 세 개의 큰 문체 종류, 즉 단순문체·중급문체·숭고문체에 따라 나누어지는 문체론(《웅변가》), 끝으로 아리스토텔레스의 뒤를 이어 재료와 논거의 착상에 관한 이론을 포함하지만 덜 체계적이고 모순이 없지 않은 《토피카》이다. 키케로는 이미 도입 부분에서 형 퀸투스에게 바친 《웅변가에 대하여》에 관한 논평에서 자신의 가장 중요한 의도를 지적하고 있다: "형과 대화하다 보면 가끔 형이 저와 어떤 점에서 다른지가 드러납니다. 제가 판단컨대 능변이란 통찰력 있는 사람들의 학문적 지식에 기초해야 하는 데 반해 형은 그와 반대로 능변이 철저한 학식과 구분되어야 하고, 어떤 자연적인 정신 소질과 연습의 산물로 간주되어야 한다는 견해를 갖고 있습니다."(키케로, 《웅변가에 대하여》, 2,5)

문제는 바로 포괄적인 교육 체계의 의미에서 수사학의 부활인 것이다. 키케로의 주요 적대자들은 오늘날 활약하고 있는 그들의 후예와 유추하여 로마의 수사학 조련사라 부를 수 있는 사람들로서, 이들은 능변을 기술적 능력, 일종의 사회 기술로 축소시켰다. 그들은 말하자면 단순한 연설 수공업을 행했던 것이다: "저의 견해로는, 모든 중요한 대상들과 학문들에 관한 지식을 습득하지 않는다면 최소한 그 어느 누구도 모든 관점에서 완벽한 웅변가가 될 수 없을 것입니다. 왜냐하면 웅변이란 바로 사안에 대한 인식으로부터 만개하여 흘러나와야 하기 때문입니다. 만약 웅변가가 사안을 철저하게 파악하고 인식하지 않았다면 그의 발표는 한낱 공허한 지껄임일 수밖에 없고, 나는 이에 대해 유치한 잡담이라고까지 말하고 싶습니다. 그렇지만 나는 웅변가들, 특히 국가 사무를 떠맡는 일에 그리도 많은 시간을 빼앗기고 있는 우리의 웅변가들에게 그들이 모든 걸 다 알아야 한다고 말할 정도로 그렇게 큰 부담을 지워 주고 싶진 않습니다. 비록 웅변가라는 개념과 그의 직업이 스스로 말을 잘한다는 것을 내포하고 있고, 또 자신에게 제시되는 모든 대상에 대해 매우 감각적이고 풍부하게 이야기할 수 있으리라는 것을 약속해 주고 있는 것처럼 보이긴 하지만 말입니다.”(키케로, 《웅변가에 대하여》, 1,21 이하) 이후에 계속되는 대화에서 크라수스는 완벽한 웅변가(orator perfectus)의 위치를 대표하고 있고, 이에 반해 안토니우스(키케로는 두 정치가를 기원전 91년에 벌어진 가상 대화의 주인공으로 설정했다)는 그 상대역을 맡아 수사학을 특수한 기술로서 연습된 것으로 보고 있다.

키케로가 자신의 야심찬 구상으로써 그리스의 수사학 역사에 연결되고 있음은 의심할 여지가 없다. 그는 소피스트들의 자기 이해에서 볼 수 있는 철학·윤리학 및 실제 정치의 결합을 분명하게 가리키고 '행위와 웅변의 두 가지 지혜'(키케로, 《웅변가에 대하여》, 3,59)가 테미스토클레스나 페리클레스에게 특징적인 것이라고 보고 있으며, 고르기아스·트라시마코스·이소크라테스를 국가 지혜의 위대한 교사들로 칭송하고, 끝으로 소크라테스를 철학과 수사학

사이에 치명적인 불화를 일으킨 장본인으로 인식하고 있다. 《웅변가에 대하여》의 제1권 전체는 웅변가의 교육 이상을 구상하고 그 이유를 제시하고 있다. 국가의 창립자·지도자이자 부양자로서 능변은 웅변가에 대하여 모든 학문, 공적 사안, 규칙, 풍속 및 법에 대한 철저한 지식을 요구한다. 특히 생활과 풍속에 관한 이론은 수사가의 담당 분야에 속하는데, 그것은 "올바른 행위와 훌륭한 연설을 위한 처방을 제시했던 것이 서로 다른 여러 사람이 아니라 동일한 사람"이었기 때문이다.(쇼틀랜더, 《시놉시스》, 81쪽)

그런데 그러한 완벽한 웅변가는 어떻게 생겨나는 것이며, 그가 갖추어야 할 조건은 무엇인가? 키케로는 크라수스의 입을 빌려 맨 처음으로 천성적 소질(natura)을 들고 있는데, 이것은 명민함, 정신적 유연성, 신체적 장점 등과 같은 것이다. 두번째 조건은 학예(ars), 즉 훌륭하고 설득력 있는 연설의 이론적 토대·방법·규칙에 관한 지식이다. 세번째 조건은 머리로 하는 재주든 몸으로 하는 재주든, 기억이든 표현 능력이든 목소리든간에 웅변에 필요한 모든 재주를 부단히 연습하고 완성하는 것(exercitatio)이다. 제2권과 제3권은 수사적 학예를 포함한다. 여기서는 연설의 종류들, inventio(착상)부터 pronuntiatio(발표)에 이르기까지의 작업 단계와 연설의 부분들이 다루어지고 있다. 여기서 특별한 무게가 실리는 것이 수사학적 감정론이다. 비록 아리스토텔레스가 연설이 갖는 설득력의 감정 근거들(연설가의 에토스를 통한 호감 유발과 파토스의 수단을 통한 격한 감정의 유발)을 과소평가하지 않았고, 그 사용을 제한적으로나마 다루었다 하더라도 감정론은 그때까지의 수사학 역사에서 부차적인 역할을 해왔었던 것이다.

수사학적 심리 교육 치료를 구상하는 키케로는 달랐다. 심리 교육 치료라는 이름을 실제로 붙일 만한 것은 아마 최초였을 텐데, 그 이유는 '웅변에서 가장 중요한 것'이 바로 "청중이 웅변가에게 마음이 쏠리고 스스로 깊이 감동받은 나머지, 판단과 숙고를 통해서라기보다는 오히려 기분의 충동과 격한 감정에 의해 이끌릴 수 있다는 것"(키케로, 《웅변가에 대하여》, 2,178)이기 때문이다. 끝으로 제3권은 문체 속성들·문채론 및 실제 발표를 다루고 있다.

문체론에 대해서는 특별한 언급을 해두어야 마땅할 것 같다. 문체는 한편으로 그때그때의 상황·형세·테마, 그리고 웅변가 자신의 작용 의도와 능력 폭에 맞추어져야 하므로 일반적인 도식 속에 꿰맞춰 넣기가 매우 힘들다. 그러나 다른 한편으로 전승된 삼문체론의 해당 분야가 강조된다. '높은, 낮은, 그리고 중간의 웅변 방식'(키케로, 《웅변가에 대하여》, 3,212)은 각각 개별 경우에 따라 조절해야 할 기본 색조를 나타낸다. 나중에 쓴 《웅변가》에서 키케로는 매우 큰 영향력을 행사하게 될 또 하나의 문체론을 발전시키고 있다. 각기 서로 다른 언어적 형태를 특징으로 하는 세 가지 문체 종류는 웅변가의 목표뿐만 아니라 다루어진 대상의 속성에도 연결된다. 청중에게 평범한 대상에 대해 가르치려는 웅변가는 낮고 치장 없는 단순한 문체를 사용한다(docere). 별로 중요하지 않은 테마를 가지고 청중을 즐겁게 해주려면 중간 단계의 그럭저럭 장식된 문체를 사용하고, 큰 테마와 관련하여 청중의 마음을 사로잡으려면 높고 장중한 문체를 사용한다: "하찮은 것을 단순한 방식으로, 중간 정도에 속하는 것을 평범한 어조로, 커다란 것을 위엄 있게 발표할 수 있는 사람이야말로 능변을 갖춘 사람일 것이다."(키케로, 《웅변가》, 29,101) 이로써 나중에 문체론을 사회 계층과 연관시키기 위한 환경이 마련되었다. 대상들 사이의 위계 질서는 어려움 없이 계층 사회학적으로도 정의될 수 있는 것이다.

모든 것을 종합해 보자면, 키케로는 수사학을 유럽 역사에서 결정적인 영향을 끼치면서, 심지어 가장 강력한 경쟁자인 철학마저 받아들이는 하나의 교육 세력으로 제도화시켰다. 수사학은 폭넓은 보편적 교육을 내포한다. (르네상스의 *uomo universale*(보편인간)는 가장 잘 알려진 이 이념의 후기 소산이다. 이 이념은 일반 교양이라는 프로그램하에 여러 형태로 파생되어 20세기에까지 이르고 있다.) 인격적 무결(無缺), 덕성 교육을 받아야 웅변의 효력을 얻을 수 있는 훌륭한 한 사람으로서 웅변가의 에토스가 수사술을 남용으로부터 지켜 준다는 것이다. 수사학적 윤리학은 이와 같이 웅변가의 육성과 결부되고, 퀸틸리아누스는 이러한 생각으로부터 곧바로 매우 광범위한 결론을 이끌어 내게 된다. 끝으로 키케로는 수사학이 다루는 분야를 모든 웅변 대상으로 확대하고 수사학을 문화의 담당자로 삼는다: "웅변이라는 분야는 범위가 매우 넓기 때문에 그것이 풍속, 여러 종류의 정서, 그리고 인간의 삶과 관계되는 한 모든 사물·미덕·의무, 그리고 자연 전체의 기원·본질·변화를 포괄할 뿐만 아니라 풍속·규칙·법을 정돈하고 국가를 주도하며, 어떤 것과 관계되든지 간에 모든 것을 섬세한 감각과 풍부함으로 진술한다."(키케로, 《웅변가에 대하여》, 3,76)

키케로는 수사학을 보편적·인문주의적인 교육 체계로 발전시킴으로써 그것을 탈정치화시켰다고 가끔 비난받는데, 사실은 그 정반대이다. 공화국이 위기를 맞이함에 따라 훌륭한 생각·말·행동의 통일성을 폴리스의 현실로부터 취하여 다시금 여기에 적용시킬 수 있었던 소피스트들의 정치적 수사학의 단순한 부활이 아닌 어떤 다른 대답이 요구되었다. 키케로는 사실 법 사상가이기도 했다. 그는 humanitas(인간성)(對 immanitas; 야수성)를 자신의 변론 활동에서 구체적인 주도 개념으로 삼았고, 정의와 불의의 대립을 자신의 정치적 행보에서도 동기이자 도전으로 파악했다. 재판정의 변호인이자 동시에 검사이기도 했던 키케로였던 만큼 그의 이론적 활동 역시 단순히 그 실용적 의도로부터 분리될 수 없다.

공정하게 본다면 키케로는 공화국을 구하기 위해 교육과 공적·사적인 삶 전체의 수사화를 공화국의 위기로부터 정치적 수사학을 이끌어 내는 과제에 집중시켰다. 웅변가와 철학자를 겸비한 완벽한 웅변가라는 이상은 또한 이론과 실제의 결합, 윤리와 정치의 결합, 교육과 공개 연설의 결합을 의미했다. 로마의 황제 시대에 수사학의 탈정치화 현상이 실제로 나타났고, 이것이 인문주의적 일반 교양에서 미적·문예적 양식으로부터 불거져 나온 것이라면, 이는 키케로의 원래 구상으로부터 정치적·법적으로 실용적인 차원이 잘려 나가는 대가를 치르고 나서야만 가능한 일이었다. 정치가와 웅변가는 다시금 갈라섰고, 키케로가 한탄한 '혀와 이성 사이의 불화'(키케로, 《웅변가에 대하여》, 3) 그리고 학문·정치·수사학의 상호 괴리(키케로가 소크라테스에게 책임을 물었던 붕괴의 역사)가 또다시 생겨나게 되었다.

4. 웅변가의 육성과 웅변가 학교: 퀸틸리아누스

로마 제국에서 수사학이 사용된 장소 가운데 가장 중요해진 곳은 학교였고, 그 대표적인 실연(實演) 장소는 극장이었다. 웅변은 이처럼 교육 매개체로, 또는 청중의 즐거움을 위한 순수한 기교 연마로 발전했다. 점점 더 기발해지고 삶에서 동떨어진 주제들을 다룬 공개 연설 연습회가 열렸다. 문예적 또는 신화적 쟁점에 대한 기교적 권고(勸告)연설(이른바 suasoriae)과 법정의 공개 토론(이른바 controversiae; 웅변 연습)이 웅변을 규정했다.

대개 꾸며낸 문제만을 다루는 연설 연습회에서 내용은 별로 중요한 것이 아니었고 형식이 전부였다. 연사는 형식을 통해 다른 연사를 능가하려 시도했으며, 문체는 점점 더 가다듬어지고 장식이 많아지고 정교해지고 격언조(調)가 되었다. 한껏 기교를 부린 아시아식(式)의 연설 방식이 중용을 지키는 고전적인 아테네풍의 웅변에 승리를 거두었다. "이 연설 연습회에서 행하여진 연설들은 환상적이고 멜로드라마적인 세계를 보여 주었고, 어쩌면 바로 그 이유에서 단조로운 시대에 인기를 누렸을 것이다. 아우구스투스는 세계에 평화와 안전을 가져다 주었지만 연사들은 폭력 행위·방화·난파 같은 주제에 탐닉했다."(클라크, 《로마인의 수사학》, 120쪽) 대(大)세네카(기원전 55-기원후 40)의 작품 같은 데서 권고연설과 웅변 연습의 주제들을 읽어보면 최소한 부자연스러움과 작위성의 견지에서 그러한 모습을 확인할 수 있다. 세네카는 스파르타인 3백 명이 크세르크세스 왕과의 전쟁에 파병되었다고 하는 권고 주제를 보고하고 있다. 동일한 과제를 부여받았던 그리스 전역에서 모인 3백 명이 도주하자 그 스파르타인들은 자신들도 도망쳐야 할지 심사숙고한다는 것이다. 다른 경우도 있다. 알렉산더 대왕은 바빌론에 입성할 경우 커다란 위험이 일어날 것이라는 신탁의 예언을 들은 후 정말로 바빌론에 입성해야 할지 말아야 할지 곰곰이 생각한다. 웅변연습의 문제들은 대개 짤막한 사건 이야기로 이루어져 있다. 다시금 세네카의 작품에 실린 두 가지 예를 살펴보자: "아버지가 아들의 상속권을 박탈했다. 상속권을 박탈당한 아들은 의학을 공부했다. 아버지가 병이 들었고 의사들이 치유가 불가능하다고 말했지만 아들이 치료에 나서 낫게 하였다. 아버지는 아들을 다시 받아들였다. 그러자 이번에는 계모가 병이 들었다. 의사들은 희망을 버렸다. 그러자 아버지가 아들에게 계모를 치료해 줄 것을 부탁했다. 아들은 이를 거부했고, 다시 상속권을 박탈당했다. 아들은 이에 항변한다."(대세네카, 《논쟁문제집》, 4,5) 두번째 예는 그 이후에 역사적으로 유명해져 사유문채로서 에른스트 블로흐의 이야기인 '손 없는 라파엘(**Raffael ohne Hände**)'에 이르기까지 끊임없이 다루어진 예이다: "범죄자(성물(聖物) 절취범)는 손을 절단해야 한다. 엘레아 사람들은 올림포스의 제우스 동상을 세워 달라고 아테네에서 피디아스를 영입했다. 그들은 피디아스를 돌려 주든지 1백 탈렌트를 주기로 합의했다. 동상이 완성되자 엘레아 사람들은 피디아스가 금을 훔쳤다고 주장하며, 그가 마치 범죄자(성물 절취범)인 양 그의 손을 잘라 버렸다. 엘레아 사람들은 피디아스를 그렇게 불구로 만들어 아테네로 돌려 보냈다. 아테네인들은 1백 탈렌트를 요구한다. 엘레아 사람들은 이에 항변한다."(대세네카, 《논쟁문제집》, 8,2)

곧 타락으로 여겨지기까지 한 이와 같은 수사학의 심미화에 대해 오래지 않아 격렬한 비판이 시작되었다. 페트로니우스 아르비테르(1세기)·대(大)세네카·타키투스(55-116/20경)가 이러한 *corrupta eloquentia*(타락한 웅변 또는 수사학의 몰락)를 비판했던 유명한 사람들이다. 수사학의 몰락을 진단하면서 그 썩어빠진 수사학을 치료하기 위해 광범위한 구상을 발전시킨 사람이 바로 퀸틸리아누스(35-100경)이다. 퀸틸리아누스는 로마에서 가장 영향력 있고 가장 유명한 수사학 교사였다. 플리니우스·유베날리스·타키투스 등이 그의 제자였고, 베스파시아누스 황제는 그를 유럽 교육사상 최초로 국가의 봉급을 받는 교사로 임명하였으며, 도미티아누스 황제는 황태자의 교육을 그의 손에 맡겼다. "퀸틸리아누스, 그대 무상(無常)한 젊음의 으뜸 교사여／퀸틸리아누스, 그대 로마식 토가의 자랑이여"(마르티알리스, 《*Epigramme*》, Ⅱ,90)라고 마르티알리스는 그를 칭송하고 있다. 만약 '유럽 최고의 교사'라는 타이틀이 어울릴 만한 사람이 있다면 그가 바로 퀸틸리아누스일 것이다. 그는 천재적인 이야기꾼이었을 뿐 아니라 교육학에서 어김없이 맨 처음에 다루어지는 사람으로서, 후대 사람들은 그가 세운 교육 원칙들을 사실상 그저 본뜨기만 하여 각각의 시대 조건에 맞게 맞추었을 뿐이다.

퀸틸리아누스는 또한 《수사학 몰락의 원인에 대하여》라는 저서를 쓰기도 했는데, 이 책은 아깝게 소실되고 말았다. 그러나 여기에 들어 있는 생각들은 그의 주저서인 《웅변가의 육성》에서 펼쳐지고 있다. 그는 학교에 특히 심각한 영향을 끼쳤던 전반적인 풍기문란이 수사학의 타락 원인이라고 보았다. 연설 재능을 타고난 어린아이를 대외적으로 빛내려는 부모들의 허영심과 교사들의 공명심이 결합하여 치명적인 결과를 초래했다는 것이다. 이러한 '마법사·흑사병·신탁 언어·계모'(퀸틸리아누스, 《웅변가의 육성》, 2,10,5)의 세계는 실재 현실을 배겨내지 못한다는 것이다: "그 현상들이 얼마나 뒤틀려 있든지간에 우리는 선택받은 사람으로서 그에 대해 놀라 어리둥절할 뿐이다. 이것은 어떤 주인들처럼 불구 내지 기형의 노예를 온전한 외모를 갖춘 노예보다 더 높이 값매김하는 것과 다르지 않다. 겉모습에 현혹되는 사람들은 몸에 난 털을 모조리 뽑아 버린다든지, 퍼머 머리를 한다든지 다른 색으로 염색한다든지 하는 사람들의 아름다움이 때묻지 않은 자연이 부여할 수 있는 아름다움보다 더 크다고 생각하기에, 신체의 아름다움이란 마치 정신의 도덕적 기형에서 비롯되는 것처럼 보인다."(퀸틸리아누스, 《웅변가의 육성》, 2,5,11 이하)

퀸틸리아누스는 이렇듯 잘못 돌아가고 있는 세계를 다시금 바로잡는 것을 목표로 삼았는데, 여기엔 전적으로 정치적인 동기가 있었다: "진짜 시민정신을 가지고 있으면서 공적·사적 행정 과제를 해결할 재능을 갖춘"(퀸틸리아누스, 《웅변가의 육성》, 서문 10) 사람이라는 웅변가의 위상(位相) 역시 그에게서 나타나며 진지하게 받아들일 필요가 있다. 퀸틸리아누스는 나중에 민주적 반대 세력이 무기력해졌을 때에도 《웅변가의 육성》에서 들어섰던 길을 변함없이 가게 된다. 정치적 상황의 변화는 교육과 교육 제도의 변화를 통해 이루어져야 하고, 미래의 세대와 더불어 교육 담당자들도 함께 고려되어야 한다는 것이다. 따라서 퀸틸리아누스가 카토의 말을 빌려 '연설할 줄 아는 신사'(퀸틸리아누스, 《웅변가의 육성》, 12,1,1)(vir bonus dicendi peritus; 말을 잘하는 노련하고 훌륭한 사람)라 불렀던 키케로식의 완벽한 웅변가를 목표로 제자들을 교육시키는 것이야말로 훨씬 더 광범위한 목적을 달성하기 위한 수단인 셈이다. 교육 사상과 웅변술의 결합을 준비한 것은 키케로였지만, 그로부터 최초로 일관성 있는 수사교육학과 모방에 기초한 교수법을 발전시킨 사람은 퀸틸리아누스였다.

덕(德)이란 오랫동안의 지속적인 습관화를 통해 가르칠 수 있는 것이라고 하는 아리스토텔레스의 신념에서 출발하여, 퀸틸리아누스는 이미 어린아이까지 포함한 아동의 언어 습득이 본인 스스로 완벽하게 말할 줄 아는 유모와 교사를 통해 보장되도록 하는 교육 프로그램을 구상한다. 어린아이는 다섯 살이 되면 벌써 학교에 다니기 시작해 가능한 한 가장 뛰어난 수사가의 감독하에 들어가게 된다. 바로 어린 시절의 교육이야말로 훗날의 모든 능력들을 결정짓는 것이기 때문이다. 놀이하는 듯이 공부하고 권위주의적인 교육방법을 거부하며, 자신이 이룬 성공에 기쁨을 느끼게 하거나 좋은 성적을 보일 때마다 칭찬해 주고 체벌을 엄단함으로써 학습 동기를 유발하는 것이 선도적인 수사교육학의 특징이었다. 그러다 보니 프리드리히 실러까지도 자신의 아들을 바로 이러한 원칙하에 키우려 마음먹었던 것이다. 수사학적 교육 내용은 언어 습득 및 선(善)을 갖추도록 하는 도덕 교육에서 시작하여 중요한 모든 지식 분야들(artes liberales)과 웅변 이론 및 실습에 대한 철저한 교육에까지 이른다. 철학, 특히 도덕철학과 자연철학 및 논리학은 준비 학문으로서의 역할을 얻는다.

퀸틸리아누스 수사학의 대부분은 새로운 것이 아니지만 그의 교과서는 고대가 유산으로 남겨놓은 전통적 교리들, 규범서들, 이론적 단서들을 가장 포괄적으로 체계화시킨 것이다. 수사학은 그에게 있어서 기본적인 '도덕적 성취'이자 '실천적 활동 또는 정치적 지도의 기술'(퀸틸리아누스, 《웅변가의 육성》, 8, 서문 6)로 간주된다. 말하자면 수사학이란 언제나 실천을 겨냥한 것이며, 따라서 아시아식의 과장된 화려한 문체는 필요로 하지 않는다. 이상적인 문체를 사용한 모범 웅변가는 여전히 키케로로서, 퀸틸리아누스는 키케로의 법정 실무지향을 당대의 화려한 과시용 수사학에 대한 해독제로서 추천하고 있다. 행위 관련은 그것이 비록 수사학적 교육의 전부는 아니라 하더라도 어디에서나 관심을 주도한다. 이 로마의 수사학 교수가 특별히 비중을 두는 것은 분명 그가 인문주의적 교육을 위한 탁월한 매개체로 여기는 문학에 대한 연구이다. 저 유명한 《웅변가의 육성》의 제10권 제1장은 고대 문학사의 개요로서, 모방하고(imitatio) 능가하도록(aemulatio) 권장할 만한 모범 작가들을 수록해 놓고 있다. 모든 것을 종합적으로 고려해 보자면, 나중에 선택적으로 전승된 원인으로서 수사학의 문학화 및 심미화의 단서들이 많이 나타난다. 이것은 퀸틸리아누스의 목표가 아니었고, 실제로 수사적 논증과 토포스론까지도 아우르는 그의 포괄적인 구상 체계가 빠진 단계였다.

5. 숭고에 물든 수사학의 심미화: 가(假)롱기노스

수사학을 훨씬 더 과격하게 문학 이론으로 변모시켜 근대 18,9세기에 이르기까지 영향을 끼친 이론가가 있었는데, 그가 바로 《숭고에 대하여》라는 저서를 쓴 작가로서, 이 작가는 오랫동안 기원후 최초의 저술가인 카시오스 롱기노스인 것으로 간주되었으나, 단편적으로만 전승된 이 책의 원저자로 확실하게 입증될 수 있었던 사람은 롱기노스도 아니었고, 그 어느 다른 유명한 수사학자도 아니었다. 여기서 최소한 곁눈질으로라도 이 책에 대해 살펴보겠다. 오늘날 사람들이 가(假)롱기노스라 부르는 데 익숙해져 있는 이 미상의 작가 역시 corrupta eloquentia(타락한 웅변)를 비판했던 사람들 가운데 한 사람으로서, 그가 주로 주목한 것은 판치고 있던 기교주의적 과장 수사학의 매우 뚜렷한 희생양이었던 위대한 문체와 숭고한 문체의 발생이다. 이에 반해 그는 숭고한 언어 예술의 다섯 가지 참된 원천으로서 위대한 영혼, 사유적 파악의 힘, 강렬하고 열광적인 파토스, 특별한 문채 사용, 위엄 있는 문장 연결을 꼽고 있다. 그러나 바로 그러한 힘과 열광적 도취는 인위적으로 만들어 낼 수 없는 것으로서, 인물됨의 크기와 경계를 넘어서려는 신적 욕구에서 비롯되지 않으면 안 된다. 후세의 작가들은 이 생각에 초기 천재 이론의 대강(大綱)이 깃들어 있다고 주장했다.("숭고한 문체는 위대한 영혼의 반향이다"; 퀸틸리아누스, 《웅변가의 육성》, 2,18,5) 가(假)롱기노스가 자신이 말하는 그러한 숭고한 웅변가를 위해 만든 오로지 문예적인 교육 프로그램과 더불어 수사학의 심미화가 멀찌감치 진척되어 있음을 우리는 이 저서에서 볼 수 있다. 찬미와 경탄은 그에게 숭고한 웅변이 가진 유일한 참된 작용 의도로 간주되는 것으로서, 그것은 뜻밖의 것, 갑자기 나타나는 기대하지 않은 것, 범상치 않은 것을 통해 특히 인상 깊고 성공적으로 야기된다. 숭고한 문체는 신적인 문체와 맞닿아 있으며, 거기에서 우리는 '웅변의 절정과 정점'을 체험한다.(가롱기노스, 《숭고에 대하여》, 9,2)

　이상과 같이 로마 수사학의 범위를 포괄적으로 살펴보았는데, 고대 말기에도 그 체제와 지위 면에서 본질적으로 달라지는 것은 더 이상 없다. 로마 수사학의 장소는 학교이고 3단계 교육 과정(교사한테서 받는 읽기·쓰기·계산의 기초 수업; 언어학자한테서 받는 문법 수업; 수사학자한테서 받는 웅변 수업)은 젊은 엘리트 남자만 참가할 수 있었던 다년간의 수사학 프로그램으로 종결된다. "수사학 교사는 작문 연습, 이른바 프로김나스마타(Progymnasmata)에서 시작했다. 그리고 나서 특히 문체 규칙과 논증 기술을 전달하는 학문 체계인 수사학 이론으로 들어갔고, 이러한 지침들을 고전 웅변가들의 작품을 읽어가며 설명해 주었다. 수사학 수업의 절정이자 마지막 단계는 학생들이 주어진 주제에 대하여 발표문을 작성하는 것이었다. 이것이 멜레타이(meletai), 즉 연설 연습회이다."(푸어만, 《고대 말기》, 82쪽)

V

고대 수사학의 체계

1. 전 제

수사학은 그 경험과학적 지위에도 불구하고(또는 바로 그 이유에서) 언제나 지극히 체계지향적인 학문이었다. 전통적인 체계를 수정·확대 또는 집중하는 데 공명심을 불태우지 않았거나 최소한 체계의 개별 부분들을 세분하고 정의할 때 나름의 견해와 체계관을 내세우지 않았던 웅변교사 내지 이론가는 거의 없다. 특히 일반적으로 수사학에서 가장 상세하고 가장 세분화된 부문인 문채론이 그러한 의도를 펼치기에 적당한 분야이다. 사정이 이러하니, 체계의 가장 중요한 구성 부분들이 일정하게 유지되고 있다는 것은 그만큼 더 놀라운 일이다. 학교와의 연대(連帶), 그리고 officia oratoris, 즉 웅변가가 해야 할 일의 보편적 타당성은 하나하나의 방들이 비록 여기저기 가구를 들어내고 현대화되었지만 그 기본 골격과 구조만큼은 2천 년 이상이나 거의 변하지 않은 채 남아 있을 수 있었던 한 학문 체계의 발전과 공고화를 촉진시켰다. 그래서 하인리히 라우스베르크는 1960년에 출간된 그의 획기적인 저서 《문예수사학 편람》에서 '고대의 폭넓은 현상'이 심지어 '고대 이후의 세부 현상들마저 뿌리째 들어앉는 것'을 허락한다고 올바르게 확인할 수 있었다.

달리 말해 고대 수사학의 이론 체계는 너무나 방대하고 다양한 면모를 갖추고 있어서 문학과 언어에 관한 현대적 성찰의 관점에서도 여전히 '생명력 있고 생산력 있는' 것으로 입증된다는 것이다.(라우스베르크, 《문예수사학 편람》, 7쪽) 따라서 수사학을 이론적으로 다루든지 실천적으로 다루든지 그 토대는 언제나 고대에 체계적으로 전개되었던 수사학이며, 상이한 발전 단계들을 하나의 공통적이고 통일된 층위로 투사하는 모든 구조 도식이 역사적 정황을 경시하더라도, 수사학에 관한 고대의 지식을 수집하고 분류하는 작업은 인위적인 사유 체계에서 학문적으로 정당할 뿐더러 교수법적으로도 의미 있는 과제이다. 이 과제는 물론 본서의 테두리 내에서는 대략적으로밖에 해결될 수 없다.

웅변가는 물론 좁은 의미에서의 수사적 재주만을 필요로 하는 것이 아니라 여러 지식 분야들의 표준(enkyklios paideia)으로 총괄되었던 폭넓은 지식의 습득을 통해 진정으로 육성된다: "모든 학문들의 완성은 문법·수사학·철학……그리고 그 네 가지 하위 학문인 대수학·음악·기하학·천문학으로 이루어져 있었다."(트제트제스, 《수천 명》, XI, 377, 526 이하) 웅변가한테서 기대되는 일반 교양은 3학문과 4학문으로 짜여진 이 자유 7학예(septem artes liberales; 일곱 개의 자유 학문)를 기초로 한다. 웅변가는 전체 교양재의 중요한 부분들을 습득해야만 '통찰력과 학식을 온전히 소유'(키케로, 《웅변가에 대하여》, 3,122)할 수 있게 되는데, 이것은 법정이든 인민집회든 향연이든 어느 공개 장소에서나 필요한 것이다.

2. 연설의 종류

고대 수사학자들은 연설 종류를 세 가지로 구분했는데, 법정연설 (genus iudiciale) · 정치연설(genus deliberativum) 그리고 식사(式辭) 내지 식장(式場)연설(genus demonstrativum)이 그것이다. 과거에 일어난 일이 밝혀지지 않아 그 대상이 의심스러운 것이든 혹은 시간이 흘러야만 비로소 옳고 그름이 입증될 수 있기 때문에 현재로선 확신할 수 없는 것이든지간에 어쨌든 각각의 연설은 결정과 행위에 관련되어 있으며, 연설가는 솔직히 드러내는 자신의 당파적 견해라는 의미에서 논쟁점을 특정한 결론으로 유도하고자 노력한다. 이것은 덜하긴 해도 심지어 세번째 연설 종류인 식사 또는 식장연설에도 적용된다. 칭송연설이나 질책연설(식사)은 비록 일반적인 합의나 의견 상위(相違)에 관련되지만, 마찬가지로 강화 · 약화 · 상대화의 기능을 발휘할 수 있어서 청중은 자신이 갖고 있던 태도를 바꾸거나 자신의 의견을 확인하게 되는 것이다. 식사는 또한 청중으로 하여금 수사적 과시 자체에 대해 심미적 평가를 내리도록 환기시킴으로써 연설가의 기술 완성도에 대해 결정을 내리게 만든다.

기독교의 영향하에 고대 말기에는 네번째 연설 종류로서, 그리스도의 메시지를 신도와 비신도에게 전해 주고 신앙상의 의혹을 해결해 주는 역할을 했던 종교연설 또는 설교(genus praedicandi)가 생겨났다. 이런 식의 분류에서 아리스토텔레스식으로 관찰하거나 평가하는 '청중이…… 결정적인'(아리스토텔레스, 《수사학》, 1358b I,3) 역할을 하듯이, 하나의 주제나 문제가 청중에 의해 받아들여지는 정도를 나타내도록 연설 내용을 분류하는 경우에도 마찬가지이다. 연설 내용이 청중의 내적 저항에 부닥치지 않으면 genus honestum(수긍; 맞장구 말거리)이라 부른다. 우선적으로 주제에 대한 무관심을 극복해야 할 필요가 있으면 genus humile(비하; 시시한 말거리)이고, 내용이 불확실하고 '양면적'이어서 청중이 우유부단한 태도를 취하면 genus dubium(의심) 또는 anceps(미결; 이상한 말거리)이고, 충격적인 사안은 genus admirabile(감탄; 놀라운 말거리)에 속하며, 꿰뚫어 보기 힘들어 연사의 특별한 숙련도를 요구하는 문제는 genus obscurum(혼돈; 뒤엉킨 말거리)에 속한다.

3. 연설의 생산 단계: inventio(논거착상술)

연설의 생산 단계는 수사학을 분류하는 데 있어서 가장 중요한 체계적 원칙이다. 가장 우선하는 것은 주제에 대한 인식이다. 연사는 우선 수많은 사건과 상황들(materia; 자료들) 가운데서 개별 경우의 윤곽을 그려 줄 가설을 세워야 하고(예를 들어 기본 항변), 그리고 나서 하나하나의 논쟁 상황(status)을 조사하고, 논쟁거리와 그것이 속한 연설 종류(가령 정치연설이나 법정연설) 내지 법정연설의 경우 그 논쟁거리와 관련된 법적 구성 요건을 조사해야 한다. 이 작업 과정 자체는 첫째로 대상을 효과적으로 다루기 위해 필요한 모든 논거와 자료의 착상(inventio; 발견)을 포함한다. 연사는 이미 이 단계에서 그러한 논거와 자료가 연설의 여러 부분에서 견실한지 그리고 각각 쓸모가 있는 것인지를 검토한다. 연사는 그때그때 원하는 증거 수단들을 가능한 한 빠짐없이 조사·수집하기 위해 사람이나 사안과 관련된 모든 가능한 논거·전거(典據) 또는 증거의 소재지를 밝혀 주는 검색 범주들의 고유한 체계(Topik; 토포스 체계)를 활용할 수 있다. 수사적 논증술은 사회적 공지식(共知識) 또는 개개의 사회 집단이 가진 공지식이 사유 패턴·지각 패턴 및 행위 패턴으로 침전되어 처리 가능한 의견 지식들(endoxa)의 기저(基底)를 이루는 토포스 체계에서 나온다: "연사는 이러한 생활과 풍속의 모든 토포스 분야를 꼼꼼하게 연구해야 한다."(키케로, 《수사학 또는 수사학적 착상술에 대하여》, 1,69)

로마 수사학은 특히 아리스토텔레스가 《토피카》에서 세분화시켜 상술했던 논증 이론을 실용적인 연설 목적에 맞게 단순화시켰고, 토포스(topoi 또는 loci; 장소)를 사람 중심의 논증 패턴과 사안 중심의 논증 패턴으로 나누었다.

토포스의 숫자에서 키케로와 퀸틸리아누스는 서로 약간 다르다. 키케로는 어떤 개별 경우든지 하나의 일반적인 경우로 환원될 수 있다고 보기 때문에 토포스의 양을 제한된 것으로 간주한다. 이에 대해 퀸틸리아누스는, 어떤 논증 형식들은 인위적 체계보다 자연의 안내에 따를 때에만 확인될 수 있는 것이라고 반박한다: "여러 가지 경우가 함께 뒤섞여 들어가 있는 전체 구조 속에서 대부분의 논증 형식들은 어떤 다른 경우와도 공통되지 않아야 하고, 가장 적확해야 하며, 가장 덜 일반적으로 통용되는 논거이어야만 한다. 왜냐하면 우리는 일반적으로 적용되는 것을 규칙들로부터 배웠지만 독특한 것은 개개의 경우 그 자체에서 발견하지 않으면 안 되기 때문이다."(퀸틸리아누스, 《웅변가의 육성》, 5,10,103) 이로써 퀸틸리아누

스는 검색 양식(樣式)에서 아주 애매하게만 포함되어 있거나 전혀
포함되어 있지 않은 논증 근거들이 존재할 가능성을 열어놓고 있는
것이다.

퀸틸리아누스는 전체 검색 양식을 사람한테서 나오는 토포스(loci
a persona)와 사안에서 나오는 토포스(loci a re)로 나눈다: "왜냐하
면 사안과 관련 있지 않거나 사람과 관련 있지 않은 연구란 없기 때
문이다."(퀸틸리아누스, 《웅변가의 육성》, 5,8,4) 덧붙여 말하자면,
'훌륭한 사람'의 에토스를 제외하는 한 토포스들을 활용하는 방식
은 결코 제한되어 있지 않다. 토포스는 정치연설에서와 똑같이 법정
연설에서도 두 당사자에 의해 각각의 고유한 용도에 따라 사용될 수
있다.

4. 논증의 근거들:

loci a persona(사람의 토포스)와 loci a re(사안의 토포스)

퀸틸리아누스는 사람과의 관련성에 따른 검색 범주들과 논거들
(loci a persona)을 다음과 같이 나누고 있다:

한글 명칭	라틴어 명칭	해설과 예
혈통	genus	혈통(부모와 조상)은 특정한 행동 방식의 이유로 제시될 수 있다.(퀸틸리아누스, 5,10,24 참조) 보기: "더글러스 가문 사람이 내 눈 앞에 나타나기만 하면 / 가만두지 않겠다."(폰타네)

민족	natio	특정 민족에 속해 있음과 관련된 출생과 혈통. "민족들도 나름의 독특한 생활 원칙들을 가지고 있고, 그러다 보니 똑같은 것이 챠그리스/로마인, 로마인 또는 그리스인한테서 동일한 설득력을 갖지 않는다."(퀸틸리아누스, 5,10,24) 보기: "백인들은 너무 많이 생각한다."(수단의 도곤족 속담)
조국	patria	법률·풍속·풍습·견해 및 삶의 형태 등은 국가마다 매우 다를 수 있다.(퀸틸리아누스, 5,10,25 참조) 보기: "독일인들은 어떤 데서는 프랑스인을, 어떤 데서는 영국인을 모방한다고 비난받는다. 그러나 그렇게 하는 것이 그들이 할 수 있는 가장 현명한 일이다. 왜냐하면 독일인들은 자신들의 수완으로는 훌륭한 것을 내놓지 못하기 때문이다."(쇼펜하우어)
성별	sexus	남자와 여자의 서로 다른 행동 방식은 성에 따른 차이일 수 있다.(퀸틸리아누스, 5,10,25 참조) 보기: "언제부터 여자가 말하는 데 이유가 필요한가."(네스트로이)
나이	aetas	특정한 행동 방식은 경우에 따라 나이 때문일 수 있다.(퀸틸리아누스, 5,10,25 참조) 보기: "인생의 시기마다 각각의 정념이 있다. 가장 현명하다고 간주해야 할 노년기는 일반적으로 가장 지저분한 정념을 갖는다."(쉼)

교육과 수업	educatio et disciplina	교육과 수업은 특정 행동 방식과 사고 방식에서 결정적인 요인이다.(퀸틸리아누스, 5,10,25 참조) 보기: "누구든지 어린 시절이란 머리 위에 뒤집어쓴 통과도 같은 것이다. 나중에야 거기에 무엇이 들어 있었는지 드러난다. 그것은 일평생 동안 우리에게 흘러 내려오고, 그러면 옷이나 복장을 원하는 대로 바꿀 수 있다. 　여기서 이야기하게 될 사람의 인생은 나중에 사태가 좀더 정확히 알려지게 되었을 때 독일 국내외에서 꽤 호기심을 불러일으켰는데, 그 경우는 그러한 의식적 통의 내용을 결코 씻어낼 수 없다는 데 대한 증거일 것이다."(폰 도데러)
신체 속성	habitus corporis	신체적 속성은 (정신적 속성과 마찬가지로) 그 사람의 행동에 대한 이유를 제공할 수 있다.(퀸틸리아누스, 5,10, 26 참조) 보기: "스스로를 위해 몸을 만드는 것이 정신이다."(실러)
운명	fortuna	이 토포스의 경우 누군가에게 운명적인 방식으로 행운이나 불행이 따르고 있는지 연구된다.(퀸틸리아누스, 5,10,26 참조) 보기: "행운은 결코 호엔슈타우펜家 사람들과 함께하지 않았다."(라우파흐)
사회적 신분	conditionis	어떤 사람이 "유명한지 유명하지 않은지, 관직에 있는지 아닌지, 아버지인지 아들인지, 내국인인지 외국인인지, 자유인인지 노예인지, 결혼한

남자인지 총각인지, 아이가 많은지 아이가 없는지는 차이가 나기 때문에 사회적 신분도 논증을 위한 재료를 제공한다."(퀸틸리아누스, 5,10, 26)

보기: "노예의 시선은 강자의 덕에 대한 적개심에 가득 차 있다. 노예는 회의와 불신감을 갖고 있고, 강자들한테서 존중되는 모든 '선'에 대해 예민한 불신감을 품고 있다. 노예는 강자들의 행복 자체가 진짜가 아니라는 것을 스스로 믿고 싶어한다. 거꾸로 고통받는 자들의 현존재를 덜어 주는 데 도움이 되는 특성들을 끄집어 내어 조명한다. 이때 동정심, 기꺼이 도와 주는 친절한 손길, 따뜻한 마음씨, 인내심, 근면, 겸허, 상냥함이 인정받는다. 이러한 것들이야말로 가장 쓸모 있는 특징들이며 현존재의 압박감을 견뎌낼 수 있는 거의 유일한 수단들인 것이다. 노예의 도덕은 본질적으로 효용성의 도덕이다."(니체)

본성	animi natura	어떤 사람이 예를 들어 탐욕스러운지 헤픈지, 엄격한지 온화한지의 본성이 여기에서 논거 발견의 핵심이다.(퀸틸리아누스, 5,10,27 참조) 보기: "위네투는 거짓말쟁이가 아니라 자기가 한 말을 지키지 않는 법이 없는 고귀한 전사이다."(카를 마이)
직업	studia	퀸틸리아누스는 여기서 직업 또는 '활동의 종류'를 의미하고 있는데, "왜냐하면 농부·변호사·상인·군인·뱃사람·의사는 서로 전혀 다른 영향력을 갖기 때문이다."(퀸틸리아

누스, 5,10,26)

보기: "의사는 결혼을 뜨거움으로 시작해서 차가움으로 끝나는 열 전도라 부른다. 화학자는 단순한 친화력이라 부르고, 약사는 진정제라 부른다. 수학자는 주어진 두 숫자로부터 쉽게 제3의 숫자가 도출되는 방정식이라 부르고, 법률가는 계약이라 부른다."(Fliegende Blätter)

선호　　　quid affectet quisque

말 그대로: 누군가를 끌어당기는 것이다. 한 사람이 선호하는 것과 혐오하는 것은 그 사람의 행동 방식과 사고 방식에 대한 논증 근거를 제공할 수 있다.(퀸틸리아누스, 5,10,28 참조)

보기:"나는 결코 냉소적이지 않다. 나는 그저 경험만이 있을 뿐이다. 그것은 매한가지이다."(와일드)

이전사(以前事)　　**ante acta dicta**

말 그대로: 범행 이전에 말했던 것. 한 개인의 이전사, 즉 그 사람이 이전에 말했거나 행했던 것은 논증 근거를 위한 재료를 제공한다.(퀸틸리아누스, 5,10,28 참조)

보기: "'저는 실업 고등학교에서 여섯 반을 돌아다녔어요' 라고 나는 나지막하게 대답했고, 내가 혹시 그를 놀라게 한 건 아닌지 그리고 그의 기분을 상하게 한 건 아닌지 걱정되었다. '그런데 왜 계속 안 돌아다녔죠?' 나는 고개를 떨구었다. 그리곤 아래에서 위로 그를 쳐다보았다. 나의 시선은 아마 그에게 뭔가를 말해주고 그의 가슴 깊숙한 곳을 맞혔을 것이다."(토마스 만)

| 이름 | nomen | 몇몇 이름, 특히 별명은 그 사람의 성격에 대해 추정하게 한다.(퀸틸리아누스, 5,10,30 참조)
보기: "빌헬름 마이스터의 수업 시대."(괴테) |

개개의 토포스는 사람, 사람의 행동, 사람의 결정과 성격을 다루는 모든 논증에서 방향제시적이다. 연사나 작가는 대개 여러 개의 착상들을 모아 하나의 논증 연쇄로 가공하게 된다. 퀸틸리아누스는 사안에서 생겨나는 문체 범주들(loci a re)을 열 개의 부류로 나누었다.

"이제 넘어가려는 사안 분야에서는 무엇보다도 우리의 행위가 사람과 결부되어 있고, 따라서 사람이 가장 먼저 다루어져야 한다. 모든 행위에 있어서 중심이 되는 문제는 왜, 어디에서, 언제, 어떻게, 어떤 수단으로 그것이 행하여졌는가이다."(퀸틸리아누스, 5,10,32)

loci a causa(이유): 이미 일어났거나 앞으로 일어날 행위의 이유로부터 얻어지는 논거.

예: "이 이유들을 구성하고 있는 재료는…… 두 가지 종류로 나뉜다. 각각의 종류는 다시 네 가지 형태로 출현한다. 대개 어떤 행동의 이유란 좋은 일의 획득·등귀·수령·사용이고, 나쁜 일의 기피·제거·경감·감내이다……. 가끔 여기에다 취음 상태·무지 같은 우연적인 결함도 추가된다. 이 이유들은 예를 들어 누군가 어떤 한 사람을 노리고 잠복하며 기다리다가 다른 사람을 살해했을 때 경우에 따라 부담을 더는 데 기여하기도 하고, 고발 내용을 실제로 입증하는 데 기여할 수도 있다."(퀸틸리아누스, 5,10,

33-34)

loci a loco(장소): 장소에서 유래하는 논거.

예: "어떤 논거 제시의 신빙성과 관련하여 장소가 산악 지역인지 바다에 면해 있는지 또는 육지 한가운데인지, 과수가 심어져 있는지 경작을 안하는 곳인지, 사람들이 드나드는 곳인지 한적한 곳인지, 가까운 곳인지 먼 곳인지, 계획상 유리한 곳인지 불리한 곳인지 고려된다."(퀸틸리아누스, 5,10,37)

loci a tempore(시간): 시간으로부터 도출되는 논거.

예: 퀸틸리아누스는 이 토포스를 특히 법정연설에서 중요한 것으로 간주하고 있다. 왜냐하면 "예를 들어……어떤 서명자가 서류에 적힌 날짜 이전에 이미 죽어 버렸다거나 또는 아직 어린아이였거나 아직 이 세상에 태어나지도 않았을 적에 뭔가를 저질렀다는 신고가 들어올 경우, 시간은 흔히 반박하기 어려운 증거를 제공하기 때문이다."(퀸틸리아누스, 5,10,44)

시간의 토포스는 장소의 토포스와 결합하여 예를 들어 결정적인 알리바이 증거를 성립시킬 수 있다.

loci a modo(양태): 사건의 양태와 방식에서 도출되는 논거.

예: "오웬 피츠스테판은 다시는 나와 말하지 않았다. 그는 나와 만나기를 거부했고, 수감자로서 나와 만나지 않을 수 없게 되자 입을 다물고 다시는 열지 않았다. 나에 대한 이러한 갑작스런 증오심——그것이 내가 가진 문제였다——은 추측컨대 내가 자기를 정신병자로 간주한다는 그의 생각에서 비롯된 것이었다. 나머지 세상, 아니면 최소한 그의 소송에서 배심원으로서 이 세상을 대변하는 열두 명의 남자들이 자신이 미쳤다고 믿는다는 것인

데, 사실 그는 이 점에 대해 그들에게 충분한 확신을 준 바 있다. 그러나 나마저 그러한 생각을 갖게 되는 것을 그는 원치 않았다." (D. 해밋)

loci a facultate(가능성): 가능성으로부터 생겨나는 논거. 이에 대해 퀸틸리아누스는 범행의 단순한 외적 실행과 범행 도구를 들고 있다.

　예: "두 명의 새로운 증인을 찾아냈는데, 이들은 그날 아침 그가 커튼의 집 뒤쪽에서 나가는 것을 보았다고 한다. 그리고 제3의 증인은 그의 차가 그 전날 밤새——혹은 그날 밤 늦은 시각에——네 블록이나 떨어진 곳에 주차해 있었던 바로 그 차라는 것을 알아보았다. 시 검사와 읍 담당 검사는 이 상황 증거들을 놓고 볼 때 커튼의 경우가 그에 대한 가장 확실한 기소 내용을 입증한다는 데 의견을 모았다."(D. 해밋)

loci a finitione(정의): 정의나 경계 설정에서 유래하는 논거.

　예: "의미와 본질에 대해 물을 수 있는 모든 현상에 있어서……세 가지 문제는 의심할 여지없이 어떤 일이 있더라도 고려되어야 한다. 뭔가가 존재하는지, 그것이 무엇인지, 그리고 그것이 어떤 종류인지…… 말하자면 논거를 정의나 경계 설정으로부터 도출할 수 있는데, 이 두 명칭(정의와 경계)은 흔히 쓰이는 것들이다. 이는 두 가지 방식에 의해 일어날 수 있다: 앞에 이미 내세운 정의에 '이것이 덕입니까?' 와 같은 질문이 이어지거나, 아니면 단순히 '덕이란 무엇입니까?' 와 같은 질문이 제기된다."(퀸틸리아누스, 5,10,54)

loci a simili(유사성): 유사성에서 도출되는 논거.

예: "논거의 발견 장소는 유사성에도 있다: '자기 억제가 덕이라면 금욕도 당연히 그렇다,' '후견인이 신뢰를 요구할 수 있다면 전권 위임자도 마찬가지이다.' 이것은…… 키케로가 귀납이라 불렀던 논거 연쇄의 일종이다."(퀸틸리아누스, 5,10,73)

loci a comparatione(비교): 비교에서 유래하는 논거.

예: "큰 것으로부터 작은 것을, 작은 것으로부터 큰 것을, 같은 것으로부터 같은 것을 입증하는 논거들을 부가논거 또는 대조논거라 부른다. 추정된 사안이 더 큰 것과의 비교를 통해 뒷받침된다: '누군가 성물(聖物)을 절취하면 그는 도둑질도 범할 것이다.' 더 작은 것과의 비교: '드러내 놓고 쉽게 거짓말하는 사람은 위증도 할 것이다.' 또는 같은 것과의 비교도 있다: '판결에 대한 대가로 돈을 받은 사람은 허위 증언에 대해서도 돈을 받을 것이다.'"
(퀸틸리아누스, 5,10,87)

loci a fictione(허구): 꾸며낸 가정에서 유래하는 논거.

"내가 보기엔 이미 일어난 것으로 인정되는 사건뿐만 아니라 단순히 가정된 것으로부터도 논거가 유래한다는 것을 이 자리에서 덧붙일 필요가 있는 것 같다……."(퀸틸리아누스, 5,10,95)

예: "'그건 아무 의미도 없는 짓이야' 라고 나는 말했다. '그건 정말이지 완전히 미친짓이야. 우리가 우리의 남편——아니면 우리의 부인——을 붙잡으면 그것이 얼간이짓이라는 것이 드러날 테고, 그러면 교수형에 처해지는 대신에 정신병원으로 보내질 거야.'

'넌 다시 한번 너다운 행동을 했군' 하고 오웬 피츠스테판은 말했다. '너는 마치 머리를 얻어맞은 것처럼 엉뚱하고 제정신이 아니야. 이제 네가 너보다 더 영리한 사람을 만났다는 것을 인정한다는 거란 말이니? 아니야, 넌 아니야! 그는 너를 속였을 뿐이고, 그래서 멍청하거나 미친 것은 바로 그 사람이야. 정말이야! 그런 태도의 겸손함이란 물론 어느 정도 뜻밖이지.' '하지만 그건 바보임에 틀림없어' 하고 나는 고집했다. '봐, 마옌이 결혼해…….' '너 카탈로그 전체를 다시 한번 외우려고 하니?' 하고 그는 기분 나쁜 투로 물었다."(D. 해밋)

loci a circumstantia(부대 상황): 부대 상황으로부터 도출되는 논거. 퀸틸리아누스에 따르면 부대 상황의 토포스는 위에 언급한 토포스들로써 개인적·복합적·구체적인 개별 경우를 충분히 파악하는 데 이르지 못할 때 활용되는 것이라고 한다. 이 토포스의 경우 연사가 기존 토포스 이론을 생산적으로 속행시킬 것으로 기대된다. 그만큼 이 토포스가 중요한 역할을 하는 쟁점은 극도로 복잡한 것이다.

예: "이러한 종류의 논거를 '상황에 따른' 논거…… 또는 개별 경우에 독특한 점에 근거한 논거로 명명할 수 있다. 예를 들어 간부(姦夫)였던 어느 목사의 경우, 그 자신이 한 사람을 처벌받지 않도록 구조해 줄 위치에 있는 사람으로 규정되어 있는 법률에 따라 스스로를 면죄하려 했었는데, 이 논쟁에서 독특한 점은 다음과 같은 것을 주장하는 것이다: '만약 네가 풀려난다면 그 간통녀도 살해해선 안 되기 때문에, 네가 풀어 주려는 사람은 죄인 한 사람이 아닌 셈이다.' 이 논거는 간부 없이는 간통녀를 살해해선 안 된다는 법률을 제시하고 있다."(퀸틸리아누스, 5,10,104)

5. 연설의 생산 단계: dispositio(논거배열술)

연설의 두번째 작업 단계는 특정한 패턴에 따라 재료와 논거들을 사안 적합성, 수신자 설득, 연설 부분 같은 주요 측면 아래 나누는 것이다(dispositio; 배열). 연설의 효과를 위해 재료와 생각들을 목적에 알맞게 배열한다는 것이 얼마나 중요한지 퀸틸리아누스는 멋진 비유를 들어 예시하고 있다: "하나하나의 신체 부위들을 모두 주조해 놓았다 하더라도 제대로 건립해야 비로소 하나의 입상이 될 수 있다. 그리고 우리의 몸이나 다른 생물체의 몸에서 부위 하나를 서로 맞바꾸거나 다른 곳으로 옮겨 놓게 되면 몸은 비록 동일한 신체 부위들을 가지게 될 터이나 파멸적인 기형이 될 것이다. 사지(四肢) 역시 조금만 제 위치에서 벗어나도 쓸모없어질 것이다……."(퀸틸리아누스, 《웅변가의 육성》, 7, 서문 2) 신체의 자연스런 배열을 본받아 논거들도 배열되어야 한다. 수사학은 이분배열·대립배열에서 시작하여 다분배열에 이르기까지 여러 가지 배열 가능성을 발전시켰다. 그 가운데 삼분배열과 오분배열이 특별한 의미를 얻었다. (오분배열은 5막으로 된 고전 드라마의 배열에 기초가 되기도 했다.)

6. 연설의 생산 단계: 문체론과 문채론

세번째 작업 단계는 웅변가적 표현(elocutio)의 이론에 따른 연설의 언어적·문체적 생산을 포함한다. 이는 수사학에서 가장 세분화되어 있는 분야이다. 이 분야는 문법적 목적이 아니라 문체적·수사적 목적에 쓰이는 문채, 전의(轉義), 낱말 사용, 문장 연결을 포함한다. 아래에서는 가장 중요한 문채들과 전의들을 최소한 언급만이라도 하고 보기를 들어가며 설명해 보겠다.

퀸틸리아누스는 첫번째 문채 분야를 문법적 문채라 불렀는데, 그 이유는 이 문채가 언어 관습과 관련하여 낱말 사용과 문장 연결의 문법적 규칙을 위반함으로써 생겨나기 때문이다:

—— 외국어 혼용(Barbarismus): 언어 순수성 위반. (누구를 '아웃'시키다, '쿨' 하다)

—— 어법 파격(Soloezismus): 통사적 정격의 위반. (wollen wir gehen nach Berlin; 우리 함께 베를린에 갈까)〔정상적인 어순은 wollen wir nach Berlin gehen이다.〕

언어문채 또는 표현문채(figurae verborum)는 첨가·생략 또는 도치를 통해 생겨난다. 첨가를 통해 생겨나는 문채는 특히 반복의 문채이다:

—— 첫머리 반복(Anapher): 문장이나 의미 단위의 첫부분에서 낱말·어구의 반복. ("Keiner sah zu ihr hin, keiner half ihr"; 아무도 그녀에게 눈길을 주지 않았다, 아무도 그녀를 도와 주지 않았다: F. 베르펠)

—— 어구 반복(Gemination): 반복. ("Aber wehe, wehe, wehe!"; 앗 저런, 저런, 저런!: W. 부슈)

—— 결구 반복(Epipher): 반복된 낱말이 각각의 통사 단위의 끝에

놓인다. ("Doch alle Lust will Ewigkeit, will tiefe, tiefe Ewigkeit!"; 모든 욕망은 영원을, 깊은, 깊은 영원을 원한다: F. 니체)

—— 상이격 동어의 반복(Polyptoton): 반복된 낱말이 음성적으로 변조된다. ("Homo homini lupus": Th. 홉스)

생략을 통해 구성되는 언어문채는 수신인으로부터 암묵적인 보충을 요구한다:

—— 생략법(Ellipse): 낱말이나 문장 성분을 생략함으로써 생겨나지만 의미는 맥락을 통해 이해 가능하다.("Woher so in Atem?"; 어찌하여 그리 숨가쁜가?: F. 실러)

—— 액어법(Zeugma): 하나의 동사가 여러 개의 서로 다른 사유 부분들과 관련지어진다. ("Er saß ganze Nächte und Sessel durch"; 그는 밤새 내내 의자에 앉아 있었다: J. 파울)

도치를 통해 구성되는 언어문채:

—— 대구법(Parallelismus): 동등한 성분들의 대구 병렬. ("Ihre Güter zu plündern? Ihre Häuser in Brand zu setzen?"; 당신의 재산을 약탈한다고? 당신의 집에 불을 지른다고?: 키케로)

—— 대립배열(Antithese): 동등한 성분들의 대립적 배열. ("Gott ist Tag und Nacht, Winter und Sommer, Krieg und Frieden, Sättigung und Hunger."; 신은 낮이자 밤이고, 겨울이자 여름이고, 전쟁이자 평화이고, 포만이자 허기이다: 헤라클레이토스)

—— 교차배열(Chiasmus): 대립적 문장 성분이나 낱말들의 병렬적 교차배열. ("Gott schuf den Menschen nach seinem Bilde, das heißt vermutlich der schuf Gott nach dem seinigen”; 신은 자신의 모습대로 인간을 창조했다. 이는 아마 인간이 자신의 모습에 따라 신을 창조했다는 것을 의미할 것이다: G. Chr. 리히텐베르크)

사유문채 또는 의미문채 가운데 가장 중요한 부류는 낱말 연결이나 문장 연결이 아니라 사유 전개와 관련된다:

—— 직유법(Vergleich): 대개 추상적인 사태를 공통된 비교점에 대한 명백한 상과 관련지음으로써 생생하게 전달하는 형태. (사유 내용에 마치 옷을 입히듯이 말을 입힌다.)

—— 질문법(Frage): 요청이나 진술을 질문으로 표현하는데, 이 질문에 대한 대답은 기대되지 않는다. (“Wie lange noch, Catilina, willst du unsere Geduld erschöpfen?”; 카틸리나, 얼마나 더 오래 우리의 인내심을 시험할 건가?: 키케로)

—— 감탄법(Ausruf): 감정을 불러일으키는 수단으로서, 연사가 흥분한 듯한 인상을 강력하게 일깨워 준다. (“O Zeiten! O Sitten!”; 오, 시대여! 오, 풍속이여!: 키케로)

—— 반어법(Ironie): 전달하려 의도하는 것과 말하는 것 사이, 의미와 표현 사이의 괴리. 그러나 청자나 독자는 그 괴리를 알아차리거나 완전히 꿰뚫어 본다. (“Du bist mir aber ein schöner Kamerad!”; 넌 정말 나의 멋진 동료야!)

—— 명증(Evidenz): 자신이 목격자라고 믿는 상황이나 사건에 대한 상세한 진술. (“Eben kamen wir an zwei Arbeitern vorbei, die eine Schiffswelle an die Hebekette legten. Wir sind ein paar Schritte weitergegangen……”; 방금 우리는 노동자 두 명을 지나쳐 왔는데, 그들

은 크랭크축을 지레사슬에 매달고 있었다. 우리는 몇 발짝 더 걸어갔다……: E. E. 키슈)

—— 존재하지 않거나 존재하는 인물 소개(Vorstellung abwesender oder anwesender Personen): 연사는 실제의 인물이나 허구의 인물로 하여금 말과 행위를 통해 스스로 말하도록 한다. 인격화된 도시, 장소, 추상명사도 이와 같이 말하는 주체로 도입될 수 있다. ("Die Antwort der Rosenhofstraße hieß: Nazi verrecke!"; 로젠호프 가(街)의 대답은 다음과 같았다: 나치여 뒈져 버려라!: W. 브레델)

—— 파격 구문(Anakoluth): 연설이 중단되고 중요한 대목에서의 침묵을 통해 사유 과정이 끊기지만 감정적으로 특별히 강조되기도 한다. ("Ich komme also——ah, endlich die Suppe! Guten Appetit! tu auf…!"; 전 말하자면——아, 드디어 수프가 나왔군! 맛있게 드세요! 접시에 담아 주세요…!: K. 투흘스키)

연설을 생생하게 만들고 잘 장식하기 위해 특별히 중요한 것은 전용된 비본래적 언어 사용 방식을 통한 전의이다:

—— 은유법(Metapher): 가장 흔한 전의이다. 은유는 원래의 낱말을 그것과 유사한 낱말로 교체함으로써 생겨난다. 퀸틸리아누스에 따르면 생물체 대신에 생물체를, 무생물체 대신에 무생물체를, 무생물체 대신에 생물체를, 생물체 대신에 무생물체를 넣을 수 있다. ("des Königs steinern Herz"; 왕의 돌심장: L. 울란트/"schwarze Milch der Frühe"; 이른 아침의 검은 우유: P. 첼란)

—— 환유법(Metonymie): 하나의 명칭을 다른 명칭으로 대체하는 것. 이때 대상들은 서로 실재적 관계에 있다. 가령 원인-작용, 용

기-내용물, 사람-활동, 소유자-소유, 거주자-장소. ("Ich kenne meinen Goethe"; 나는 나의 괴테를 안다./"Trinken wir ein Glas"; 한잔 하자.)

—— 과장법(Hyperbel): 진실을 부풀리는 것. ("Eine Ewigkeit warten müssen"; 영원히 기다려야 한다.)

—— 풍유법(Allegorie): 수사학에서 확대된 은유로 파악되기도 한다. 원래의 사태가 여러 개의 비유적 기호를 통해 전체적으로 묘사된다. ("Die Zwietracht flieht, die Donnerstürme schweigen, gefesselt ist der Krieg"; 불화는 도망가고, 폭풍우는 침묵하고, 전쟁은 붙잡혀 있다: F. 실러)

문체 수단의 사용과 선택, 그리고 그 범위는 로마 수사학이 virtutes(덕목)라 불렀던 표준들의 체계를 거쳐 조절된다.

언어 정확성(puritas), 명료성(perspicuitas), 연설의 내용 및 목적과의 적합성(aptum, decorum), 언어적 장식(ornatus), 모든 잉여분의 회피(brevitas)가 최상위의 문체 속성들이다. 수사학은 모든 작용 의도에 부합시키기 위하여 부분적으로 매우 복잡한 문체론을 발전시켰는데, 이는 실수 없이 명료하게 말하고 쓰는 능력 자체는 아직 언어적 표현의 본래적이고 효과적인 기술일 수 없다는 신념에 따른 것이었다. 논증만으로 청중을 설득하는 것은 매우 드문 경우이다. 공적 생활, 정치와 문화의 모든 분야에서는 언제나 가능한 것에 대한 합의만이 가능할 뿐이지 결코 진리를 밝혀낼 수는 없다. 수사학은 일차적으로 전문가적 표현 기술과 학문적 소양을 갖춘 청중만을 대상으로 한 글쓰기 기술을 가르치는 것이 아니다. 통상적인 경우는 문외한 청중으로서 비록 교양이 없진 않지만 어쨌든 보다 정확한 전문 지식이 결여된 청중이다. 고대 연사의 출발 상황은 최소한 이 점에서 현대적 대중매체의 신문·방송 기자나 실용 서적의 저자, 정치가 또는 성인 교육 담당 교사가 처한 기본 조건들과 본질적으로 다르지 않다. 어떤 경우든지 과제는 극히 다양한 수많은 분야의 특별한 전문 지식이나 특수한 경험 지식을 사안에 적합할 뿐만 아니라 일반적으로 이해 가능하고 경우에 따라 재미있고 효과적인 언어적 형태로 전달하는 데 있다. 이때 중요한 것은 흔히 쓰이는 말의 의미에서 통속화가 아니다. 대상은 통속화를 통해 비록 단순해지지만 또한 그만큼 구태의연해지므로 더 이상 사안에 적합한 방식으로 표현될 수 없게 된다. 오히려 서로 일치하지 않는 전제를 가진 매우 다양한 청중에게도 전달될 수 있도록 아무리 어려운 사태라도 명료하게 표현해 주어야 한다는 과제가 언어에 부여된다.

7. 네번째 생산 단계: 기억 활용

연설 생산의 네번째 단계에서 연사는 기억술적(記憶術的) 규칙과 상형적 표상 보조 수단을 이용하여 연설을 기억(memoria) 속에 각인시키는 데 집중한다. 유럽의 교육 체계에서 기억은 근대에 이르기까지 수업에서 중요한 역할을 수행하였고, 흔히 학업을 위한 전제 요건으로 간주되었다. 기억술 연습——특히 고대 저술가·철학자·작가·시인의 작품을 외우고 인용하는 것으로서——은 수업의 필수 구성 성분이었던 것이다: "학식을 쌓으려 애쓰는 사람은 동시에 좋은 이해력과 좋은 기억력을 타고나야 한다. 어떤 학문을 하든지 어떤 수업이든지간에 이 둘은 서로 밀접하게 결합되어 있어서 하나가 없으면 다른 하나만 가지고서는 결코 완성될 수 없다……이해력은 지혜를 발견하고 기억은 지혜를 보관한다.”(생빅토르의 위그, 《*Didascalicon de studio legendi*》)

수사학 교과서와 편람에 기억술에 대한 매우 상세한 지침이 들어 있는 경우가 많다. 이러한 지침들은 특히 상형적 표상 보조 수단을 기초로 하고 있는 것들이다. 퀸틸리아누스는 “표상이 부착되어 있는 고정된 자리들을 지명함으로써 기억을 뒷받침할 수 있다”라는 경험으로부터 기억술의 근거를 제시하고 있다: “어느 정도 시간이 지난 후에 그 어떤 장소로 되돌아가게 되면 그 장소만을 재인식하는 것이 아니라 거기서 무엇을 했는지도 기억하게 된다. 또한 사람들도 다시 머리에 떠오르고, 어떤 때는 심지어 거기에서 가졌던 생각까지도 정신 속으로 되돌아온다.”(퀸틸리아누스, 《웅변가의 육성》, 11,2,17) 퀸틸리아누스는 여러 개의 공간으로 나뉘어진 집을 예로 들고 있다. 이 공간들은 표상 속에서 우리가 마음속에 새겨넣고자 하는 모든 생각들로 채워져 언제든지 다시 불러올 수 있게 된다. 이는 웅변가가 발표할 때 마음속에 떠올리면서 집의 모든 부분들을 층과 방의 순서대로 돌아다님으로써 이루어지는데, 그렇게 함으로써 웅변가는 순서대로 그 내용들을 기억해 가며 발표할 수 있게 된다. 이런 식의 공간 분할을 위해 이론가들은 대체로 연설 단계와 일치하는 오분(五分) 도식을 권한다. 이는 마치 가구를 배치하듯이 공간에 재료와 생각들을 ‘채워넣기’에도 적용된다. 이때의 목표는 기억 속에 정돈되어 저장되어 있는 연설 복합체를 마치 신호처럼 작용하는 특

정한 기억 표적을 통해 식별 가능하게 만들고, 이러한 방식으로 그
것이 소환되도록 보장하는 데 있다. 이러한 상형적 표상 기호들
(imagines)은 저장된 연설 복합체 전체와 내용상 관련 있는 것이어야
한다. 가령 살인사건을 서술하려면 특별히 두드러진 살해 도구, 흔
치 않은 살해 장소 등을 이용해야 할 것이다. 그밖에 이러한 식별 형
상들은 가슴을 파고들면서 감정을 담고 있는 것이어야 한다. 표상
기호에 기초한 기억술의 파생 형태는 표장(標章), 살해 사건표, 광고
구호, 선전 플래카드에까지 이르고 있다.

8. 다섯번째 생산 단계: 발표

다섯번째이자 마지막 생산 단계는 발성(pronuntiatio)·표정·동작
뿐만 아니라 행동(actio)을 통해 연설을 실현시키는 일이다. 이 요구
사항에 부합하여 수사학은 잘 가다듬어진 발성 기술과 신체 웅변술
을 발전시켰다: "외적 발표는 웅변에서 가장 큰 힘이다. 발표가 없
다면 아무리 위대한 웅변가라도 주목받을 수 없고, 발표를 잘하는
사람은 아무리 그저 그런 평범한 웅변가라도 흔히 훨씬 더 뛰어난
웅변가를 이길 수 있다."(키케로, 《웅변가에 대하여》, 3,21)

9. 연설 부분들

연설 부분들(partes orationis)은 수사학 이론 체계에서 두번째 중점

분야이다. 연설은 도입(exordium), 사태의 설명이나 사건의 서술(narratio), 논증과 논거 제시(argumentatio), 끝으로 결론(conclusio, peroratio)으로 구성된다. 이행의 기술(transgressio, transitus)이 독자적인 부분들로 제각기 해체되는 것을 막아 준다. 연설의 시작 부분은 흔히 미리 성공을 판가름짓기도 하고, 동시에 테마를 도입하며, 청중을 확보하는 데 기여하기도 한다. 연사는 도입을 통해 청중의 주의를 집중시키거나(attentum parare), 청중의 이해력을 일깨워 주거나(docilem parare), 또는 청중으로부터 호감을 사야(captatio benevolentiae) 한다. 연설의 시작 부분이 전적으로 청자측에서의 감정적 효과에 집중되어 있으면(가령 기대된 충격 반응의 경우 genus admirabile에서 권고되는 바와 같이) 'insinuatio' 즉 환심사기라 부른다.

사태에 대한 당파적 서술은 나머지 연설의 기초가 되며, 자기 자신의 이득을 위해 생략이나 의도적 윤색을 이용할 수 있다. 이미 여기에서 어떤 사안과 관련된 단 하나의 보편타당한 측면이 아니라 그 측면에 대한 다중관점적 접근만을 인정하는 수사학적 회의주의가 드러난다. 여러 가지 견해들의 총체가 비로소 충분한 상을 전달해 주며 서술의 주된 목표인 논증을 두루 뒷받침해 줄 수 있다. 바로 논증에서 연설은 그 정점을 이루는데, 논증을 목표로 시작과 끝이 설정되고, 그 안에서 논쟁 사안이 나름의 이해관계에 따라 표현된다. 논증이 설득연설에서 가장 중요한 부분이므로 적합성(aptum)에 가장 큰 중요성이 부여된다: "그럼에도 불구하고 우리가 찾아낸 모든 논거들을 언제나 재판관에게 제시해선 안 된다. 왜냐하면 그 논거들은 싫증을 유발하고 신빙성을 약화시키기 때문이다."(퀸틸리아누스, 《웅변가의 육성》, 5,12,8) 논증을 위해 연사에 대해서는 매우 포괄적인 의미에서 많은 양의 삶의 지식과 삶의 경험이 요구된다: "논거들을 제대로 활용하고자 한다면 모든 현상의 의미와 본질도 알고 있어야 하고, 각각의 현상이 대개 어떠한 작용을 이루어 내는가에 대한 통찰도 필요하다."(퀸틸리아누스, 《웅변가의 육성》, 5,10,15)

논증은 흔히 연설 목표들을 열거하는 것으로 시작된다(partitio): 자신의 논거를 제시(probatio)하는 것과 상대방의 논거를 반박(refutatio)하는 것이 논증의 두 가지 방향이다. 논증에 사용되는 전거는 밖으로부터, 즉 증명서, 목격자 진술, 예비 결정을 통해 가져오거나(genus inartificiale) 수사적 방법으로 생산하기도 한다. 가장 중요한 수사학적 논거는 의심스러운 것으로부터 일반적으로 확실하다고 간주되는 것으로의 수사학적 추론(enthymema, ratiocinatio)을 통해 얻어지고, 토포스 체계를 능숙하게 활용한 결과라 할 수 있는 논거이다. 자신의 견해(예를 들어 건전한 삶의 영위에 대한)를 그것이 자연스럽다는 이유에서 뒷받침하는 사람은 아직 불확실한 사실을 입 밖에 내지 않은 채 자연스럽게 사는 것이 또한 올바른 것이기도 하다는 일반적인 합의와 관련시킨다. 감각적으로 지각 가능한 기호와 지표들(signa)도 논증을 떠받칠 수 있다. 경험으로부터 귀납적으로 얻어진 논거의 일종으로서 보기(exemplum)는 특히 근대에 와서 그 중요성을 얻었다. 논증과 서술에서 공히 방법론적으로 큰 역할을 수행하는 것이 바로 서술방법이다. 연사는 자신의 입장을 대변해 주는 대상을 확대하고 고양(amplificatio; 확충)시키는 데 반해 상대방의 일은 가능한 한 약화(minutio; 축소)시킨다. 주어진 것을 객관적으로 취급하는 일은 불가능하기 때문에 확충은 가장 넓은 의미에서 수사술(또한 기술 일반)의 기초적 절차로 파악되어야 한다. 연사는 언제나 당파적 이해관계에서 출발하기 마련이고, 주어진 것을 이 이해 관계에 따라 첨예화하여 파악하고 서술한다. 따라서 확충은 논거 착상뿐만 아니라 논거 표현에도 편입될 수 있다. 다시 말해 확충은 수사학에서 생산 단계의 첫번째 대상인 사안(res; 재료)과 세번째 대 상인 표현(verba)에 관련된다. 발성과 행동에서의 확충은 목소리와 동작을 사용하여 말의 진술력을 강조하는 데서 나타난다.

확충적 행보는 논거 착상에서 연사가 단점보다 장점이 더 많은 부 대 상황은 개념적으로 연설에 맞게 만들어 내고 전개시키지만 유리 한 면보다 불리한 면을 더 많이 보여 주는 사안들은 내던져 버린다 는 데서 벌써 분명해진다. 이 점에서 확충은 과장법적 사유문채에 가깝다. 그 다음 작업 과정에서 사안의 좋은 측면들이 표현을 통해 그 모습을 드러낸다. 논거표현술은 이를 위한 수단으로서 전의·문 채 및 격언을 마련해 준다: 표현 수단과 관련하여 사안을 보다 단순 하고 보다 간편하게 나타내 주는 표현이 더 강하고 더 호소력 있고 감정을 더 잘 전달해 주는 표현으로 대체된다.

연설의 결론 부분은 중요한 사실들과 관점들을 한군데 모아 청중 의 기억 속에 새겨넣고, 그밖에 직접·간접적으로 대개 어떤 결정 이나 행동과 관련된 지침을 준다. 이 연설 부분은 또한 연사가 자신 의 관심사와 관점을 설득력 있게 표현하고 청중으로 하여금 자신의 노선을 받아들이도록 할 수 있는 마지막 기회이기 때문에 매우 중 요하다. 따라서 흔히 매우 장중하고 맹세하는 내용의 결어, 모든 수 사적 수단들의 결집, 심지어 행동에 대한 직접적인 호소가 그 특징 으로 나타난다.

10. 수사적 작용 기능

연설을 설득적으로 만들어 주는 것이 바로 작용 기능이다. 연사는 어떤 사안에 대한 자신의 입장에 대해 청중이나 독자를 설득시켜 그들의 견해를, 경우에 따라서는 자신이 원하는 바대로, 그리고 궁극적으로 올바르게 그들의 태도와 마음가짐을 바꾸도록 하려는 목표에 세 가지 방법으로 도달할 수 있다: 첫째, 합리적인 인식 과정을 겨냥하여 청중의 지적 능력을 일깨워 주는(이 목적은 수사학과 철학 및 기타 다른 학문들에 공통된다) 교화(敎化, docere; 가르치기)를 통해, 둘째, 부드럽고 온건하며 온화한 감정의 발생을 겨냥하여 청중을 감정적으로 자극함으로써(delectare, conciliare; 즐겁게 해주기), 끝으로 정념을 유발함으로써(movere, concitare; 감동주기)이다.

"내가 만일 어떤 소송 사건을 신문(訊問)·조사한 후 그 사건 자체를 해결하기 위해 나서게 된다면, 나는 무엇보다도 법정 조사에 걸맞아야 하는 나의 연설이 다룰 주요 대상을 확정짓는다. 그리고 나서 나는 두 가지를 아주 면밀하게 고려한다: 첫째, 나와 내가 변호하는 사람한테 권할 만한 것이 무엇인가? 둘째, 내가 원하는 대로 청중의 마음을 조절하기에 적합한 것이 무엇인가? 이를테면 연설의 온갖 기술은 설득에 유용한 세 가지 수단에 기초한다: 첫째, 우리가 변호하는 것이 진실임을 입증하는 것이고, 둘째, 청중의 호감을 얻는 것이며, 끝으로 청중의 마음을 연설 대상이 그때그때 요구하는 심적 상태로 옮겨놓는 것이다."(키케로, 《웅변가에 대하여》, 2,114)

클라우스 도크호른은 이 세 가지 수단을 매우 적절하게 연설의

작용 기능 또는 '수사적 작용 도식'이라 부르고 있다.(도크호른,《수
사학의 권위와 영향력》, 53쪽 이하)

　'즐겁게 해주기'와 '감동주기'가 분명 연사(또는 작가)를 필요로
하는 작용 종류인 데 반해 교화만큼은 연사의 도움 없이도 이룰 수
있는 것이다. 그렇지만 이러한 수단들은 고전수사학 이론에 따르면
결코 그 자체가 목적이 되어선 안 되고, 설득의 목적에 쓰일 뿐이
다. 교화가 직접적인 방법으로 선과 진실을 입증하려 시도한다면 감
정 유발은 이를 간접적인 방식으로 행한다. 사실 수사학은 진실과
선을 인식하기만 하면 곧바로 그에 상응하는 행동이나 마음가짐의
변화로도 이어진다는 소크라테스의 신념을 한번도 받아들인 적이
없다. 따라서 인간의 본성 · 판단력 · 이성 같은 분야에만 영향을 끼
치는 것만으로는 충분치 않다. 감정 · 의지 · 감성 · 정신력에도 논증
에 적합한 방식으로 호소하지 않으면 안 된다.

　정사(精査)와 교화(docere, probare)는 사안(아리스토텔레스가 prag-
ma라 부르는 res)을 논증적으로 분석하도록 만들어 주고, 그럼으로
써 연사의 논증 전개가 논증력을 얻게 된다: "논증은 필수적이다."
(키케로, 《웅변가》, 21,69) 객관성 · 합리성은 말하자면 연설의 기반
을 이룬다. 만약 연설에 객관성과 합리성이 빠지면 연설은 단순히
감정 조절을 위해 사용되어 주의 · 주장의 선전(Propaganda)으로 넘
어가 버린다. 순수한 교화 목적에 적합한 것은, 사실에 충실하면서
그 사실을 가능한 한 직접적으로(말하자면 본래의 연설 방식으로) 표
현하여 이성적 추론을 분명하고 명확하게 보여 주는 객관적이고 담
백한 문체(genus humile, subtile)이다. 연설에서 순전히 이성적인 방
식을 택하더라도 물론 그 작용은 결코 전적으로 감정과 무관할 수는

없고 이성에만 국한되는 것도 아니다. 연설과 사유 전개에서의 객관성·담백함·분별력은 오히려 신뢰감과 일치감을 일깨워 준다. 말하자면 수수하지만 그 대신 특별히 오래 지속되는 감정을 불러일으킨다. 이 감정은 흔히 연사라는 인물을 통해(연사의 솔직함과 정직성을 나타내 주는 징표로서) 전달되고, 그럼으로써 그의 성격이 행사하는 영향력의 구성 성분(ethos)이 된다.

연사는 주로 자신의 성격을 내보임으로써 즐거움과 호감(delectare, conciliare)을 유발한다. 연사는 자신의 정직성과 견실성을 입증하여 언제나 모범적 역할을 부여받아야 할 필요가 있다. 비록 연사가 훌륭한 인간이라는 이상에 결코 완전히 도달할 수 없다 하더라도 청중은 그가 추구하고자 노력하는 것이 실제로 그의 이상이어서 그의 연설도 이러한 나름대로의 자기 도야(陶冶)를 위한 노력의 일부로 간주될 수 있다는 확신에 도달해야 한다. 자신의 성격·습관 및 도덕적 신념을 묘사한다는 것은 단순히 언어적 형태에만 국한되지 않고 연사의 전체적 인상, 옷차림, 행동거지, 온갖 특징들도 함께 포함한다. 이 작용 기능에 적합한 연설 방식은 전의와 문채를 적당히만 사용하면서 자연스러운 인상을 목표로 하는 중간 문체이다. 우아하고 아름다운 표현은 극단을 피하고 긴장을 덜어 주는 효과를 가짐으로써(교화의 경우 이성의 활동과 정념 유발의 경우 감정의 활동은 긴장을 풀어 준다) 호감을 불러일으키고 주의를 새롭게 하며, 단조로움과 지루함을 막아 준다. 물론 스스로 지루한 느낌을 주지 않도록 다른 두 문체를 번갈아 가며 사용할 필요가 있다.

정념의 유발과 자극(movere, concitare)은 가장 심한 정서적 흥분 상태를 낳는데, 그러한 정념들은 수사학에 있어서 청중을 오도하기 위한 수단뿐만 아니라 믿게 만드는 수단도 될 수 있는 감정적 설득 근거의 정점이다. 정념은 그것을 묘사함으로써, 그리고 상황 증거나 상형적 증거물을 제시함으로써 유발된다. 셰익스피어의 드라마 《줄리어스 시저》에서 안토니우스의 저 유명한 연설은 피살자의 시체를 통해 깜짝 놀라게 만들고 마음을 휘어잡는 듯한 효과를 달성하고 있다. 시체는 아무런 말도 하지 않음으로써 오히려 강력하게 웅변하고 있는 것이다.

이 작용 목적에 적합한 연설 방식은 고상하고 크고 장중하고 무거운 문체(genus grande)이다. 이 문체는 전의와 문채를 풍부하게 혹은 과도하게까지 사용한다. 파토스가 가장 중요한 역할을 하는 장소는 연설의 결론 부분이다. 이 부분에서 중요한 것은, 다시 한번 마지막으로 청중에게 영향을 끼치기 위해 모든 노력을 한데 모아 태도 변화를 유발하거나 경우에 따라 직접적으로 특정 행위를 하도록 만드는 것이다. 하지만 만약 파토스가 테마의 중요성이나 목적의 관점에서 권할 만한 것이라면, 그것은 다른 연설 부분에서도 적합하다. 파토스는 연설에 생생함과 다채로움을 가져다 주지만 그 자체로서는 다른 두 연설 방식에 비해 더 많은 변화를 주어야 할 필요가 있다. 연사가 전력을 기울여 사용하는 격정적인 문체는 잠깐씩만 써야지 최대의 효과를 얻을 수 있다. 오랫동안 지속되면 피곤하고 작위적인 것으로 느껴진다.

《숭고에 대하여》(원래는 《높은 문체에 대하여》)에서는 이러한 연사의 작용 방식이 갖는 크나큰 위험에 대해 논하고 있다: "부풀리기는 가장 피하기 어려운 실수들 가운데 하나인 것 같다. 무기력하고 무미건조하다는 꾸짖음을 듣지 않을까 하는 두려움 때문에 크기를 가지려 애쓰는 모든 사람들은 자연스레 어떻게든 부풀리기에 마음을 빼앗기게 되어 있다. 그들은 '큰 것을 놓치는 것은 어쨌든 고귀한 실패이다'라는 명제를 믿는다. 그러나 우리의 몸이 그렇듯이 언어의 경우에도 인위적으로 부풀린 과장은 추할 뿐더러 우리로 하여금 의심할 여지없이 그 정반대쪽으로 가게끔 유도한다. 무슨 말인고 하니, 수종증(水腫症)에 걸린 사람보다 더 메마른 것은 아무것도 없다는 것이다."(가롱기노스, 《숭고에 대하여》, 3,3-4) 언어적 장식을 적용하는 세 가지 방식으로부터 삼문체론이 발전했는데, 이것은 태초부터 수많은 문체 방향들과 문체 이론들이 서로 각축을 벌이다 보니 결국 수사적 규범보다 더 상세히 나누어지게 된 결과이다. 이 세 문체에는 서로 다른 여러 작용 기능뿐만 아니라 독자적인 대상 분야도 연결되었다. 중세에는 이 대상 분야를 묘사된 등장인물이 속한 사회적 계층과 일치시켰다. 이때 베르길리우스의 작품들이 전거로 쓰였다: 단순한 문체를 위해서는 《전원시》, 중간 문체를 위해서는 《농경시》, 높은 문체를 위해서는 《아이네이스》가 쓰였다. 여러 문체들, 사회 계층들, 거기에 속하는 속성들은 원의 형태로 생생하게 묘사되었다.(rota Vergilii; 베르길리우스의 원) 문예 장르의 구분도 이 삼문체론의 영향을 받았는데, 희극에는 아래의 두 문체 종류가 (거기에 맞는 인물과 함께) 배당되었고, 비극에는 높은 문체가 (그리고 그에 상응하는 계층이) 배당되었다. 삼문체론의 영향은 근대의 소설 이론에 이르기까지 두드러진다. 수사학 체계에서 감정적 설득의 위치에 상응하는 것이 독자적인 감정론에서 감정들에 대한 자세한 논구이다. 감정론은 단순히 수사학에만 국한되었던 것이 아니라, 18세기에 이르기까지 심리학과 인간 연구에 영향을 끼쳤을 뿐만 아니

라 예술 분야에서는 심미적 작용에 관한 이론을 오랫동안 규정하게
되었다.

VI

여러 학문들 사이의 수사학

1. 토포스 체계의 기능

불안정한 학문으로서 수사학의 지위는 수사학이 탄생할 때부터 그 역시 속에서 줄곧 제기된 문제였다. 여기서는 플라톤의 대화편 《고르기아스》를 언급하는 것으로 충분할 것이다. 이 대화편에서는 수사학을 다른 학문들로부터 구분시켜 주는 진리와의 특별한 관계를 다루고 있다. (소크라테스는 이 관계를 가상(假象)의 영역에 연결시킴으로써 후세에 큰 영향을 끼쳤다.) 무엇보다도 아리스토텔레스는 《수사학》제2장에서 문제시되는 그 학문을 구별시켜 주는 요소를 바로 그 중개 역할에서 보고 있다. 앞의 다른 맥락에서 이미 인용한 바 있는 핵심 구절이 이를 분명하게 보여 주고 있다: "수사학은 각각의 대상에서 믿음을 불러일으킬 수 있는 요소를 인식하는 능력이라고 한다. 이것은 다른 이론들이 갖지 못하는 기능이다. 어떤 이론이든지 그것이 다루어야 할 대상에 대해 가르쳐 주고 확신을 주려 한다. 예를 들어 의학은 건강하다는 것 내지 병들었다는 것이 무엇인지에 대해, 기하학은 크기와 관계된 것에 대해, 대수학(代數學)은 숫자 및 동일한 방식으로 나머지 이론적 지침들과 학문들에 대해 가르치고 믿음을 주려 한다. 그에 반해 능변의 이론은 이를테면 주어진 각각의 대상에서 믿음을 불러일으키는 것을 연구할 수 있는 것 같다. 그런 이유에서 우리는 수사학에 대해 그것이 특정 종류의 대상에 국한된 고유한 이론적 지침 분야를 갖고 있지 않다는 주장을 하기도 하는 것이다."(아리스토텔레스, 《수사학》, 1355b) 여기서 아리스토텔레스는 플라톤이 소크라테스의 입을 빌려 다루었고 기원전 5세기에 시칠리아와 아테네에서 수사학이 탄생했을 때 결정적인 역할을 했던 한 가지 문제를 분명 고려하고 있지 않다. 그 문제란 인간은 이성과 합리적 논증이 인간에게 원래 미리 정해 놓은 바와 다르게 행동한다는 점이다. 참된 것이 효과를 발휘하여 인간과 그의 세계를 변화시킬 수 있으려면 그것을 단지 입 밖으로 내놓기만 하면 된다는 것은 소크라테스 이래 계몽주의 시대가 도래할 때마다 사람들이 빠졌던 이상주의적 오류들 가운데 하나이다. 사실은 그렇지 않고, 오히려 의식적으로 틀린 것을 행함으로써 그 어떤 다른 이득과도 비교할 수 없는 특별한 이득을 취할 수 있다는 것은 오늘날의 심리학적 인식이 아니라 모든 수사학적 이론의 전제(이자 정당성의 문제)이다. 따라서 수사적 논증은 단순히 직업 생활과 일상 생활에서 복합적인 설명 기능에만 국한되지 않고, 논거들 사이의 대립에서 올바른 것을 뽑아내려 할 뿐만 아니라 참된 것과 가능한 것에 '대해서도' 이야기하고, 그것의 전제와 조건, 올바른 통찰과 상황에 적합한 행동을 어렵게 만드는 장애 이유, 그리고 '오류의 우상'(베이컨)에 대해서도 이야기한다. 어떤 인식을 제시하여 신빙성 있게 받아들여지고자 하는 뿌리칠 수 없는 욕구는, 늦어도 그 인식이 실천적으로 되어 인간의 삶의 행동을 규정하게 될 바로 그 순간에 나타난다. 그렇다면 결정적인 것은 결코 진리의 소유가 아니라 오로지

이 진리가 또한 받아들여질 수 있는 것인가, 말하자면 전달될 수 있는 것인가의 문제이다. 신빙성은 추가적 속성으로서 진리에 덧붙여져야 하는 것이지 진리에 이미 본질적인 것이 아니다.

아리스토텔레스는 신빙성의 조건을 사안과 사람에 연결시켰는데, 여기서 사안과 관계된 신빙성이란 다시금 (합리적 또는 경험적) 진리의 기능이 아니다. 학문적 인식은 그 자체만 놓고 볼 때 예외적인 경우에만 신빙성 있게 나타나고 대개 신빙성에 관한 한 오히려 결함을 갖고 있지만, 그것이 관여해야 할 삶의 행동을 직접적으로 도와 준다. 수사학의 과제는 알려져 있지 않은 지식을 설득력 있게 만들고 그 지식의 (학문적인) 경계를 넘어서서 이미 알려진 지식과 관련지어 주는 것이다. 그렇기 때문에 아리스토텔레스는, 수사학적 방법이란 "우리가 토포스(topoi; 장소 또는 말터)라 부르는 것을 고려하여" 추론하는 것이라고 주장할 수 있었다: "토포스란 말하자면 법·자연·정치, 그밖에 예를 들어 더 많음과 더 적음의 토포스 같은 여러 가지 종류의 다른 많은 것들과 관련된 일반적인 관점들이다. 법·자연 또는 무엇에 관해서든지간에 이들 각각이 그 종류에 있어서 상이함에도 불구하고 우리는 토포스로부터 변증법적 추론과 수사학적 추론을 구성할 것이다. 그에 반해 특수한 관점이란 특수한 종류의 대상에 속하는 진술로부터 도출되는 관점이다. 예를 들어 물리의 진술로부터는 윤리에 대한 수사학적 추론도 변증법적 추론도 얻어질 수 없고, 윤리에 대한 진술로부터는 물리에 대한 진술이 얻어질 수 없다."(아리스토텔레스, 《수사학》, 1358α) 또는 가다머의 말을 빌리자면, "수사학의 편재성(遍在性)은 무제한적인 것이다. 그 편재성을 통해 비로소 학문은 삶의 사회적 요인이 된다."(가다머,

《수사학·해석학·이념 비판》, 63쪽)

　일반 토포스는 모든 연설 종류와 모든 분과 학문에서 타당한 것이다. (아리스토텔레스는 다음과 같은 논증 형태를 예로 들고 있다: 성물(聖物)을 절취한 자는 또한 도둑질도 할 것이다. 다시 말해 좀더 가벼운 것 또는 좀더 적은 것이 좀더 무거운 것 또는 좀더 많은 것으로부터 추론된다.) 특수 토포스는 그에 반해 전문 분야에서 유래한 것이며, 비록 포괄적·일반적인 지식의 구성 성분이 되었다는 사실로부터 그 타당성을 얻는다 하더라도 어디까지나 특정 대상 분야에 묶여 있다. 일반 토포스와 특수 토포스를 통틀어 교양과 교육, 그리고 다양한 형태의 사회적 삼투를 통해 생겨나는 한 시대의 집단적 또는 사회적 의식의 범주들로 간주할 수 있다.

　지식의 신빙성을 위해 마찬가지로 중요한 것이 바로 그 지식을 전달해 주는 사람과 그의 신뢰도(ethos)이다. 신뢰도의 적지 않은 부분은 연사가 청중을 얼마나 잘 대변하고 배려해 주는지, 청중의 희망·두려움·근심거리를 얼마나 진지하게 받아들이는지, 그리고 얼마나 청중의 편에 서서 청중을 이해하고 이로부터 또한 청중으로 하여금 감정적·지적으로 수용할 준비를 하도록 만들어 줄 줄 아는지에 의해 결정된다. 그러나 사람과 결부된 이러한 설득 수단들은 비록 마찬가지로 대상의 전문성과 무관하지만 수사학의 학제적 지위에는 간접적으로만 해당되므로 이 자리에서 더 이상 다루지 않겠다.

　한 마디로 말하자면 수사학은 탄생 이래 전문 지식의 경계를 뛰어넘는 행보로, 그리고 여러 학문에서 얻어진 인식들을 일반적인 사회적 의식의 범주들로써 중개하는 학문으로 이해된다. 이것은 이중의 과정이다. 우선 지식의 중개이고 그러면서 또한 청중과 그의 세계의 중개이기도 하다. 일상에서의 단순한 결정에서부터 역사 속에 등장하는 정치가의 행동에 이르기까지 삶의 세계에서 우리의 현존과 활동에 관련된 모든 문제에 직면하여 우리는 수사적 중개를 필요로 한다. 삶의 세계와 역사적 경험 실재를 합하면 그것이 바로 특별한 형태의 지식 및 그에 따른 실천으로서의 수사학이 지향하는 독자적인 분야인 것이다. 우리는 이 분야를 거쳐 주관적 견해, 말하자면 참일 수 있는 것에만 도달할 수 있고, 이 사건 또는 저 결정이 모든 사람에게 있어서 언제든지 바로 그렇게 일어날 수밖에 없다는 주관적·객관적 확실성에는 결코 도달할 수 없다. 이러한 상황에 처하여 우리는 의도를 전달하는 사람으로서, 그리고 결정을 내리는 사람으로서 행동한다. 우리의 판단에 대한 이유 제기가 객관적으로 불충분하고 주관적으로도 흔히 불확실하다는 것을 우리는 알고 있다. 그러나 우리는 자료에 익숙해짐으로써 토포스적인 경험을 통해, 그리고 다른 학문들이 우리의 대상 분야에서 나타나는 국부적인 규칙 현상에 갖다바치는 성과를 활용함으로써 일정한 수준의 주관적 확실성에 도달할 수 있다. 우리는 논거들을 이용하여 이 확실성을 신빙성 있게 밖으로 대변할 수 있고 합의 가능한 것이라고 주장할 수 있다.

수사학적 토포스는 논증 근거와 논거를 발견하기 위해 일반적으로 인정된 내용상의 또는 형식적 관점이지만 명료하게 규정할 수 없는 관점이다. 학문적으로 정밀하거나 철학적으로 참되며 주관적·객관적으로 확실한 인식이란 대상에 의해서든 상황에 의해서든 가능하지 않음에도 불구하고, 검색 범주로서의 수사학적 토포스는 어떤 선택을 하고 어떤 결정을 내리거나 어떤 행위를 시작하도록 해

준다. 그럼으로써 토포스들은 현실의 해명에 기여하고 개인의 사회적·문화적 지향에 보탬이 된다. 토포스의 담당 분야는 물론 특히 끊임없이 어떤 결정을 내려야 하는 일상의 삶인데, 만약 그러한 결정들의 복잡한 사회적·경제적·정치적·이념적 중개를 그때그때 사전에 적합하게 분석하려 한다면 우리는 아무런 결정도 못 내릴 것이다. 미래에 관해선 아무것도 확실하게 말할 수 없기 때문에 미래에 관하여 내려야 할 모든 판단과 미래의 발전을 준비하거나 이끄는 모든 판단도 마찬가지로 모든 인간의 행위를 불확실하고 궁극적으로 예측 불가능하게 만드는 저 환원할 수 없는 자유의 몫에 의해 좌우된다. 바로 이것이 아리스토텔레스가 수사학을 자신의 철학 체계 내에서 정치학과 윤리학에 통합시켜 일종의 실천철학으로서 행위 맥락에 의거하여 정립하려 했던 가장 중요한 이유이다. 수사적인 능력, 다시 말해 일반적인 설득 능력은 수사적 재주(techne)를 배워 익히고 끊임없이 연습하며 심리적·논리적·정치적 지식을 활용함으로써 습득된다.

2. 수사학과 자유 학예

수사학을 고대의 백과사전적 지식에 편입시켜 넣는 것은 이미 소피스트주의에서 준비되었을 뿐만 아니라 수사학적 교양 교육의 고정된 구성 요소였다. 이를테면 연설가 히피아스(기원전 5세기)는 자신이 자유 학예와 귀족 학예뿐만 아니라 "기하학·음악·문학과 작가에 대한 지식, 그리고 자연·풍속·국가 제도"에도 통달해 있다

고 자랑하고 있다.(키케로, 《웅변가에 대하여》, 3,127)

벌써 여기서 모든 지식이 그 자체를 위해 운용되는 것이 아니라 수사학을 위해 사용된다는 정황에 접하게 된다. 이소크라테스는 플라톤과 같은 시대에, 그리고 아리스토텔레스 이전에 가장 튼튼한 수사학적 교육 체계를 발전시켰다. 수사학적 교육은 정치적 능력이라는 잣대에 맞춰졌고, 수학적·변증법적인 교육 규준(플라톤이 선호했던)에 수사학적 지식 자체에는 비관여적인 예비 가치만을 인정해 주지만, 그 이외에는 예비 학과목들을 동등한 분과로 취급한다. 이로써 모든 지식 분야가 직접적으로 함께 속하고 있다는 생각이 등장하게 되었다. 이 생각은 그리스적 사고에 고유한 것이며, Enkyklios paideia, 즉 '교육의 원(圓)'이라는 명칭에서 이미 표현되고 있다.

이 원은 나중에 문법·수사학·변증법·음악·기하학·대수학·천문학 등 septem artes liberales, 즉 자유 7학예로 명명된 학문들을 포함하게 된다. 키케로와 퀸틸리아누스가 이 학문 체계를 완성하게 되며, 이를 웅변가적 기술의 기반으로 확정지음으로써 "자유인만이 배울 자격을 갖춘 모든 학문(그래서 artes liberales; 자유 학문)을 두루 섭렵하지 않은 사람은 아무도 웅변가로 인정해 줄 수 없게 되었다."(키케로, 《웅변가에 대하여》, 1,72) 정말로 설득력 있는 모습을 보이고자 하는 연사는 동시대 교육의 모든 중요한 구성 요소들을 습득해야 한다. 현대적으로 말하자면 학제성이야말로 수사학자에 대해 요구되는 가장 중요한 사항이며, 자유 7학예를 본보기로 내세워 거기에 집중하는 것은 퀸틸리아누스가 강조하듯이 배타적 기준으로 이해되어선 안 된다: "나는 수사학의 재료가 연설을 위해 나타나는 모든 대상이라는 데 찬성한다.”(퀸틸리아누스, 《웅변가의 육성》, 2,21,4) 이것이 의미하는 바는 정확히 말하자면, 단순히 다른 학문에서 얻어진 지식들을 합한다는 것이 아니라 개개의 특수 분과를 전체의 부분으로서만 파악하고 문제와 연구 대상이란 오로지 수많은 학문간 상호 관여의 맥락에서 적합하게 다루어진다고 생각하는 학문관이다. 이때 학문들 사이의 교환과 조정, 그리고 상호 의사소통은 수사학의 특별 과제로 남는다.

3. 수사학적 예술론과 시학

이러한 일반적인 학제적 방향 설정과는 별도로 수사학은 이미 고대에 각각의 시대가 처한 사회적 · 정치적 · 문화적 환경에 따라 학문의 경계를 넘어서는 아주 특수한 공동 작업의 교점으로 입증된 바 있다. 그리스 도시국가에서 수사학과 정치의 밀접한 결합, 그리고 소피스트 이론가들이 공적 활동을 송두리째 수사화시킴으로써 폴리스를 정치화시켰던 사실에 대해서는 이미 앞에서 언급했다. 아리스토텔레스는 다른 전조(前兆)하에서 자신의 철학 체계를 전제로 하여 이 제휴관계를 인정할 수 있었다. 키케로도 재차 그러한 제휴를 추구했지만 물론 철학 · 법학과의 제휴라는 길을 통해서였다. 이것은 키케로가 활동했던 국가의 상태와 모종의 관계가 있었다. 국가의 위기 상황은 그가 수사학을 실제 활동에서 사용했을 때 정치적 연설과 법정연설이 (그가 그밖의 경우에 역점을 두었던 이론적 세분화에 반하여) 서로 점점 더 가까워지도록 하는 결과를 낳았으며, 키케로 자신도 정치 무대뿐만 아니라 법정에서도 변론을 펼쳤다. 국가에서 불의가 다반사로 일어날 때면 언제나 정치연설가가 검사의 역할을 담당했던 것이다.

수사학과 시학의 상호 통합 분야에서는 형편이 좀 다르다. 그리스 문학이 태동한 이래 수사술과 창작술 사이에는 매우 밀접한 상호 교환이 있어 왔다. 수사학 이론 구성에서 호메로스의 역할, 고르기아스의 예술 산문 개척, 연설과 답변연설에서 발전한 그리스 드라마, 가장 큰 영향력을 행사했던 아리스토텔레스의 시학에까지 이르는 운문학(韻文學)적인 성찰, 이 모든 것이 그러한 결속관계를 증명해 주고 있으며, 어떤 때는 동일시되기까지 한다. 로마 문학은 언제나 이 결속관계에 힘을 실어 주었고, 경우에 따라 그 결속 정도를 더욱 강화시켰다. 그렇게 본다면 문학을 이끌어들이고자 애썼던 퀸틸리아누스, 그리고 웅변가 육성을 위한 커리큘럼에서 문학이 차지하고 있었던 높은 위치 가치는 확실한 학제적 전통 안에 존재하고 있는 것이다. 이 전통은 나중에 황제 시대라는 조건하에서 퀸틸리아누스에게 매우 중요한 의미를 갖게 된다.

게다가 수사학은 이미 고대 그리스에서 단순히 언변학이나 연설 생산 이론으로만 이해된 것이 아니라 포괄적인 의미에서 텍스트학으로 파악되었고, 법률 전문 문헌에 국한된 처지론을 제외한다면 수사학 체계의 모든 부분들은 창작 활동에 적용될 수 있는 것으로 입증되었다. 물론 플라톤 철학의 반대가 있긴 했다: "뮤즈는 시인을 열광케 한다. 이 열광 상태에 해석자와 청중이 참여하고, 그들에게 작품의 이해란 그렇게만 가능한 것이다."(그라시, 《고대의 미 이론》, 102쪽) 이로써 예술 작품은 합리적 고찰 대상에서 완전히 벗어나고, 예술 작품의 탄생은 신적 영감을 얻는 과정이라는 어두운 상태에 남게 된다. 이러한 견해는 예술가를 특수한 존재로서 신과 유사한 방식으로 운명짓고 있기 때문에 아무리 예술가의 비위를 맞추는 것이라 해도, 예술가의 활동상 필요한 것에 대해서는 그만큼 덜 고려하고 있다. 수사학이 예술 이론과 시학에 끼친 영향은 처음부터 '계몽적인' 성격을 가지고 있었다. 예술 작품이란 그 진행 과정에 대해 토론할 수 있고 이유를 댈 수 있는 생산 과정, '작업 과정'의 산물이 된다. 예술 작품 생산의 조건과 진행 과정에 대한 예술가의 성찰은 그것을 위한 범주들을 마련해 놓은 수사 이론과 밀접하게 결부되어 있다. 수사학이란 활발한 작용을 목표로 삼아 정치적·사회적 삶에 적극적으로 참여하는 것으로서 vita activa(활동적 삶)의 분야에 포함시킬 수 있는 것이므로, 형식 문화와 결부된 긍정적인 작업 개념은 고대에는 낯선 것이었지만 수사학을 통해 미학에 발을 들여놓게 된다고 말할 수 있다. 예술이란 곧 예술의 '능력'이다. 수사학의 지배가 끝난 후 예술 이론의 장소는 흔히 예술 자체가 되었다. 근대에 이루어진 예술의 본질·목적·정의에 대한 성찰이 작품 속에서 나타난다. 달리 말해 그러한 성찰이 작품을 수반한다. 그리하여 《시의 생성》·《운문을 어떻게 만드는가》 내지 《시작법의 철학》 같은 제목을 단 시학 저서들이 등장하게 되었다. 이 저서들은 만들어진 것, 완성된 작품에선 인식할 수 없거나 인식하기 어려운 것을 밝혀 준다. 20세기에 무질·만·브로흐·포·마야코프스키·엔첸스베르거 같은 작가들의 주요 관심사가 그들 작품의 생성이었고 생산 과정에서 거리를 둔 관찰이 수반되었다면, 즉 예술 이론이 철학적 미학으로부터 떨어져 나와 예술 작품 내에서 또는 예술 작품과 더

불어 그 생산자에 의해 표현되었다면, 이는 수사학이 본질적 역할
을 하는 하나의 전통을 증명해 주고 있는 것이다.

VII

기독교 수사학

1. 기독교의 수사학 수용 원인과 방법

"고대의 로마 문학뿐만 아니라 고대 말기의 기독교·라틴어 문학도 처음에는 이차적이고 파생적인 것이었다. 후자의 경우 전자와 마찬가지로 그리스인들이 내놓은 것을 라틴어 세계가 넘겨받은 것이다. 말하자면 로마는……두 번에 걸쳐 그리스적인 것을 수용한 셈이고, 두 번에 걸쳐 그리스와 유럽의 중개자 역할을 한 것이다."(푸어만, 《고대 말기》, 163쪽) 이 과정에서 저항과 이의 제기가 없던 것은 아니었다. 기독교는 민족 운동으로서, 그리고 주위의 이교도 세계와의 대립 속에서 시작되었는데, 그리스 문화는 어두웠던 이전 시대에 나온 혐오스럽기 짝이 없는 산물이었고, 기독교 공동체는 기독교가 이교도나 무신론자에게 퍼지지 않도록 했으며, 전적으로 자신의 교리를 보존·해석하고 내적으로 공고화시키는 데 급급했다. 이 초기 시대에 나온 문학은 《신약 성서》 같은 정경(正經) 텍스트를 제외하면 별로 주목할 만한 것이 없다. 교육받은 로마인들과 그리스인들은 원시 기독교 저술들이 천박하고 속되고 야만적이라고 느꼈는데, 여기엔 그럴 만한 이유가 있었던 것이다. 주위 이교도 세력의 저항, 그들과 대결을 벌여야 할 필요성, 그리고 그때까지처럼 어차

피 이미 신도가 되어 있던 자들의 상호 찬동이라는 수준으로는 그것을 해낼 수 없다는 인식이 비로소 무시와 자기 안위라는 기독교 공동체의 그때까지의 태도를 변화시키기에 이르렀다.

최소한 철학적·문예적 형태로나마 이교도 문화에 문호를 개방한 시대가 시작되었고, 거부하는 태도를 가진 적대적인 주변 세계에 나름의 요구 사항들을 설명하고 비판적인 반대 의견에 효과적으로 대응하며 개종자들에게 자신의 교리를 선전할 수 있기 위하여 설득력 있는 서술·논증의 형태들, 까다로운 저술 해석의 기법, 그리고 문예적으로 중요한 연설과 텍스트 생산 기법들을 갖추기에 이르렀다. 수사학은 매우 빠른 시간 안에 이 모든 의도를 실현하기 위한 이상적인 도구로 입증되었다. 이러한 의도에 대해 당장 같은 편에서 이탈해 나온 자들이 반박하기 시작했고, 기독교가 381년에 국가 종교로 승격된 후 모든 이교도에 대한 공격적 탄압과 전도가 나타나게 되었다. 이것은 신앙 문제에 관한 한 언제든지 관대했던 고대 사회엔 낯선 태도였다.

기독교 공동체의 이러한 문호 개방에 길을 터준 사람이 사도 바울이었다: "이전에 쓰여졌던 모든 것은, 우리가 그 의연함과 위안을 통해 희망을 가질 수 있도록 우리에게 교훈을 주기 위해 쓰여졌습니다."(바울, 〈로마서〉 15,4) 바울은 디모테오에게 에페소에서 가졌던 자신의 강론의 최종 목표를 염두에 두라고 요청했다. 그것은 "어떤 사람들이 벗어난"(바울, 〈디모데 전서〉 1,6) 신앙과 율법을 강력하게 전파하라는 요구였다. 끝으로 〈고린토 전서〉에서 중요한 구분을 하고 있다: "방언을 말하는 사람은 인간을 위해서가 아니라 하느님을 위해서 말합니다. 아무도 그를 이해하지 못하고, 그는 오히려 성령의 힘으로 신비스런 일을 말합니다. 그에 반해 하느님의 계시를 받아 전하는 사람은 인간을 위해 교화·훈계·위안의 말을 해 줍니다."(바울, 〈고린토 전서〉 14,2 이하) 인간에게 말한다는 것, 그리스도의 복음을 설득력 있게 표현한다는 것, 자신의 감동을 내향적인 황홀 상태(바울은 이것을 언어의 특사(特賜; Zungenreden)라는 의미에서 사용했다)에서 드러내지 않는 것, 이것은 그후부터 설교에 쓰이는 기독교 수사학의 주목표가 된다.

특히 이 종교전략적 이유가 분명 기독교의 수사학 수용에 동기를 부여했으리라고 말할 수 있을 것이다. 그러나 이교도의 수사학이 기독교 안으로 들이온 또 다른 두 개의 길이 열렸다. 이 두 길 가운데 보다 중요하고 설교학과 밀접한 관계에 있는 것은 문서 해석의 필요에서 생겨난 것이었다. 오리게네스(185-252경)는 알렉산드리아에서 성경 주해 방법을 개발했는데, 이것은 수사학적 도구 없이는 실행에 옮길 수 없는 것이었다. 그는 세 가지 문자 의미를 구별했다. 역사적 사건들을 포함하는 문자적 의미는 본래적 언술 방식의 층위로서 파악될 수 있는 반면에 다른 두 가지 의미 종류는 텍스트를 비본래적 언술로 파악함으로써 얻어질 수 있는 것들이다: 우선 도덕적인 문자 의미는 텍스트에서 기독교적 품행에 대한 방향 설정 표본을 취하고, 끝으로 영적인 문자 의미는 《구약》과 《신약》의 공속성뿐만 아니라 신비한 의미들, 신을 향한 교회의 위치, 공동체의 미래 또는 기독교적 의식(儀式)의 신학적 맥락도 해명해 준다.

풍유적 문서 해석은 서서히 관철되었다. 예를 들어 암브로시우스는 특히 《구약 성서》를 연구했다. 풍유뿐만 아니라 전의론 전체가 다의적인(중세 후기에는 네 개의 의미를 가진) 성경 텍스트를 해석하기 위해 활용되었으며, 이교도의 철학 작품·문학 작품, 심지어 조형 미술 작품도 해석 기술에 쓰이곤 했다. 풍유적·은유적·환유적인, 즉 일반적으로 비유적·비본래적인 언술은 더 깊은 다른 의미(기독교적으로는 더 높은 의미)를 낳는다는 수사학적 통찰에 따라 텍스트는 해독해야 할 필요가 있는 수수께끼 같은 구조물로 되었다. 그러나 바로 이 숨은 뜻 찾기는 수사학에 대한 철두철미한 연구를 통해서만 얻을 수 있는 긴밀한 전문 지식과 형태 지식을 요구했다. 수사학은 그러한 해석 기술들을 이미 오래 전에 호메로스의 텍스트와 신화에서 다양하게 시도해 본 적이 있다. 키케로를 잘 알고 매우 좋아했던 아우구스티누스는 키케로의 견해를 자신의 기독교적 목적에 활용했고, 풍유를 사물의 언어로 파악하면서 텍스트 해석의 풍유적 방법을 완성시켰다: "풍유를 문법적·수사학적으로 정의내림으로써……아우구스티누스는 키케로와 비슷하게 문자어를 사물에 대한 기호(signa propria)로 받아들였는데, 이것은 풍유의 경우에 사물로서 전용된, 비슷한 사물에 대한 기호(signa translata)일 것이다."(프라이타크, 《풍유》, 341쪽)

기독교가 수사학적 전통을 수용한 또 다른 길은 작가 자신의 인생 역정을 거치는 길이었는데, 이 길은 만만치 않은 영향력을 행사했다. 위대한 교부(敎父)와 신학자는 모두 철저하게 로마식 교육에 의해 육성되었고, 기초 수업과 문법 수업을 받은 후 높은 관직에 오르기 위한 전제조건이었던 다년간의 수사학 과정도 졸업한 젊은 엘리트 그룹에 속해 있었다. 리구리아와 아이밀리아 집정관의 지위까지 올라간 암브로시우스도 거기에 속했었고, 많은 위대한 초기 기독교 작가들도 수사학 교사로 일하고 있었다. 알려진 바에 의하면 아우구스티누스에 대해 기독교 전향 이후에 비로소 수사학 교사직을 그만두었다고 한다. 그밖에 락탄티우스 · 키프리아누스 · 테르툴리아누스 등이 당대의 위대한 수사가로 인정받았다. 락탄티우스는 기독교의 키케로라 불려진 인물로서 기독교 전향 이후에도 여전히 웅변에 종사하였다.

2. 아우구스티누스의 기독교 수사학 정지 작업

우리가 여기에서 다루고 있는 갈등을 해결한 장본인은 가장 위대한 교부였던 저 아우렐리우스 아우구스티누스(354-430)로서, 아우구스티누스는 특히 《기독교 교리에 관하여》라는 저서를 통해 후세에 큰 영향을 끼쳤다. 스스로 연설을 터득한 수사가이자 산문의 대가였던 그는 자신의 견해를 쉽게 이해할 수 있는 설득력 있는 비유로 포장하는 일도 소홀히 하지 않았다. 그에 따르면 이교도의 학문은 이스라엘 민족도 얕잡아 보지 못한 이집트인의 금과 은, 그리고 옷과도 같은 것이어서 기독교인들도 똑같이 고대인의 지혜를 습득하여 올바로 사용해야 마땅하다는 것이다. 고대인의 저술에는 "몇 가지 매우 쓸모 있는 풍습 규정"이 포함되어 있고, "심지어 신에 대한 숭배에 관해서도 심심치 않게 진리를 발견할 수 있다."(아우구스티누스, 《기독교 교리에 관하여》, II,40,60) 《기독교 교리에 관하여》의 제4부는 수사학을 상세하게 다루고 있는데, 바로 이 부분이 기독교 수사학의 정지 작업으로 파악되어야 하는 부분이다. 아우구스티누스의 논증에 따르면 수사술이란 올바로 사용한다면 유용한 학문이고, 수사술의 규칙들은 "비록 잘못된 것을 권해 줄 수도 있을지언정 올바른 것이다. 그러나 수사술의 권고 사항이 또한 올바른 것일 수도 있기 때문에 능변이라는 천부적 재능 그 자체에 책임이 있는 것이 아니라 그것을 나쁘게 사용하는 사람들의 비뚤어진 의지에 책임이 있는 것이다."(아우구스티누스, 《기독교 교리에 관하여》, Ⅱ, 36,54) 또한 "진리를 지키는 사람들은 거짓말에 맞설 아무런 무기도 갖고 있지 않음이 틀림없다는 주장을…… 누가 감히 내세울 것인가…… 수사술을 나쁘게 사용하는 사람들은 허위 논거를 대며 진리와 싸우고 거짓말에 설 자리를 마련해 주어도 되지만, 진리를 지키는 사람들은 진리를 지킬 능력도 거짓말을 반박할 능력도 가지고 있지 않다니!"(아우구스티누스, 《기독교 교리에 관하여》, Ⅳ,2,3)

키케로의 발자국은 아우구스티누스가 수사술의 악용 가능성에 빗장을 걸어 잠그려 하는 바로 그 자리에서 발견할 수 있다: '완벽한 웅변가(orator perfectus)'는 그가 생각하기에도 현명하고 말을 잘하는 사람으로서, 그의 지혜로움은 물론 기독교와 성서에 의해 얻어진 것이다. 아우구스티누스는 기독교 수사학의 가장 중요한 과제로서 성경 주해를 처방해 주었는데, 설교자는 《구약》과 《신약》을 철저히 연구하도록 의무지워지고 《구약》과 《신약》을 이해하기 위해 필요한 학문들을 이용해야 하지만, 지나친 학식으로 인해 길을 잃고 헤매선 안 된다: "[성스러운] 저술을 다룰 때마다 언제나 두 가지가 문제된다: 하나는 이해되어야 할 것을 발견하는 것(modus inveniendi; 발견의 양식)이고, 다른 하나는 이해된 것을 서술하는 것(modus proferendi; 서술의 양식)이다."(아우구스티누스, 《기독교 교리에 관하여》, Ⅰ,1,1) 해석할 때에는 숨은 뜻 찾기를 너무 지나치게 행해선 안 되고, 수사적인 표현은 그 자체가 목적이 되어선 안 되며, 언제나 종교와 신앙 진술 문제의 하위에 놓여 있어야 한다.

키케로와의 유사성은 아우구스티누스 수사학의 다른 부분에서도 감지할 수 있다. 아우구스티누스는 기독교 연설가가 가져야 할 작용 의도를 규정할 때 자신의 위대한 고대의 보증인을 명확하게 인용하고 있다: "말 잘하는 어떤 사람이, 연설가란 모름지기 가르침을 주고 즐겁게 해주고 감동을 주도록 말해야 한다(docere, delectare, flectere)는 옳은 말을 한 적이 있다."(아우구스티누스, 《기독교 교리에 관하여》, IV,12,27) 가르침을 주어야 할 필요성은 기독교 연설의 대상 자체, 즉 성서에 있다, 즐겁게 해주는 일에는 타락한 흥취에 빠지지 않도록 공을 들여야 한다. 그러나 그것만으로는 아직 충분치 않다는 것이다: "성직에 있는 연설가가 어떤 의무를 명심시키고자 할 때, 교육시킨답시고 단순히 가르치기만 해선 안 되고, 마음을 끈답시고 단순히 즐겁게만 해주어서도 안 되며, 또한 승리하기 위해 감동을 주기도 해야 한다. 만약 인정할 때까지 진리의 증거를 갖다 대거나 우아한 문체를 덧붙여도 먹혀 들어가지 않는 사람이 있다면 숭고한 웅변을 이용하여 동의하도록 그의 마음을 사로잡아야 한다."(아우구스티누스, 《기독교 교리에 관하여》, IV,13,29)

키케로와 마찬가지로 아우구스티누스도 연설가의 과제를 세 가지 문체 종류와 연결시켰다. 사실 삼문체론은 고대 말기에 여러모로 내팽개쳐졌고, 그 대신에 다양한 문체 종류들이 등장하게 되었다. 그러나 아우구스티누스는 연설의 재료와 문체 층위를 분명하게 구분한다. 기독교 연설가가 발표해야 할 모든 것은 위대하고 중요하다는 것이다. 이로써 문체 종류의 사용은 주로 올바로 인식된 연설가의 과제와 다양한 변화를 줄 필요성, 즉 *varietas*(다양성)라는 수사학적 원칙을 통해 규정되어 있다고 한다. 아우구스티누스는 다양한 문체 층위를 그에 상응하는 성경 구절에서 설명하고 있다. 문체 층위들을 섞을 수도 있고, 심지어 단순한 문체라도 말하여진 것의 의미를 통해 마음을 움직이게 할 수 있다. 기독교 연설의 주된 노력은 특히 명확성에 맞춰져야 하므로 가장 많이 추천해야 할 표현은 단순하고 쉽게 이해 가능한 것이라고 한다. 끝으로 그는 연설의 목표로서 "말을 통해 의도된 효과가 나타나도록 설득시킨다"라는 과제를 정의하고 있다: "그런 이유에서 훌륭한 연설가는 이러한 설득의 목적에 맞게 세 가지 문체 종류를 각각 써 가며 말하는 것이다. 그러나 설득이 실제로 이루어져야 비로소 그는 목표에 도달하는 것이다."(아우구스티누스, 《기독교 교리에 관하여》, IV, 25, 55)

3. 설교: 새로운 연설 장르

기독교 연설은 전통적인 삼원 장르 체계에다가 매우 강력한 영향력을 발휘한 장르 하나를 새로 추가시켰는데, 그것이 바로 설교이다. 설교는 그후 수백 년 동안 흔히 가장 중요한 수사학 분야이자 수사술이 마치 내부 유배지에서처럼 살아남을 수 있었던 장소로 입증되었다. 설교는 텍스트 주해와 성경 해석에 단단히 묶여 있으면서도 다른 한편으로는 모든 수사적 작용 의도들을 갖고 있다. 설교는 다른 장르들처럼 설득 장르이고, 교화와 즐거움, 그리고 감동을 통해 청중을 설득시키려 애쓰며, 설교문의 작가인 설교자는 생산 과정에 관한 이론에서 자신에게 필요한 기술적 지식을 발견하기도 한다. 중세 시대에 쏟아져 나온 수많은 설교론들이 여러 가지 면에서 많은 차이점을 보임에도 불구하고 이들 사이엔 분명 공통된 구조 특징이 존재한다: "ars praedicandi(설교술)로서의 수사학은 고대의 웅변 이론, 특히 재료와 문체, 그리고 둘 사이의 일치와 관련된 지침들을 기독교 설교에 적용하고, 청중 심리(모든 계층, 모든 연령, 교황에서 윤락녀에 이르기까지 모든 직업을 위한 설교 양식)·흥미 유발·음조 교체 및 겉치레 등의 문제를 분석하며, 문체의 문제를 취급한다: 성스러운 공간에서는 절제가 요구된다. 성인(聖人)의 몸은 예술적으로 치장되고 싶어하지 않는 것이다. 기독교 수사학은 또한 제재(題材)를 어떻게 늘이거나 줄일 수 있는지에 대한 실례를 보여 준다. 짧게 말해 기독교 수사학은 기독교 연설가(concionator Christianus)에게 웅변가의 지위를 부여하며, 설교엔 변론의 의미를 부여한다."(옌스, 《수사학》, 439쪽) 웅변가가 자신의 설득 의도를 실현시키기 위해 알고 있어야 하는 규칙들을 설교자도 똑같이 터득하고 있어야 한다고 솔즈베리의 요한네스는 설명하고 있다. 그의 저서 《설교술 총론》에는 헤레니우스 수사학에서 직접 인용한 글이 들어 있다. 셋퍼드의 리처드(1245경)는 《확대된 설교술》이라는 저서에서 확충을 주테마로 삼고 있다. 베이스포른의 로버트가 1322년에 쓴 《설교의 형태들》에는 설교술을 규정했던 모든 요소들이 다시 한번 집대성되어 있다. 아우구스티누스와 마찬가지로 베이스포른의 로버트는 현명하면서 말을 잘하는 기독교 설교자를 요구하며, 이 의도를 실현시키기 위해 필요한 구체적인 규칙들을 제시해 주고 있다. 예를 들어 테마 착상을 위한 지침, 청중을 얻을 수 있는 방법을 위한 지침, 확충을 위한 지침, 주제 이탈을 위한 지침, 끝으로 음성 변조와 적절한 동작을 위한 지침 등을 제시하고 있다.

다른 한편으로 중세의 설교론에는 다른 전통들도 흘러 들어갔고 (가령 modi에 관한 이론에서 변증법), 수사학으로부터 옮겨온 요소들도 전통적인 연설 부분의 배열 도식과 다른 배열 도식을 발전시킨 설교의 요구 사항에 맞춰졌다. (성서의 thema(주제)·prothema(代주제)에 이어 성서 인용을 통한 테마의 divisio(분할), 개념들의 distinctio(구분)·dilatatio(확대), 그리고 그 개념에 대하여 다시금 네 가지 문자 의미에 대한 규칙을 참고하는 부연 설명이 뒤따른다.) 그러나 이 모든 변형에서, 재료와 연설 상황에 맞게 조정된 요소에서, 심지어 다른 영향 요인들과의 결합에서도 수사학의 전통 줄기는 분명하게 작용하고 있다.

물론 그렇다고 해서 계시론에 기인하거나 체계상의 상위 개념들로부터 신학적·실천적 귀결들을 연역적으로 이끌어 낼 수 있다고 믿는(이는 법학에서 끊임없이 되풀이하여 일어났던 바와 다르지 않다) 정통 신학에 기인하는 수사학과 기독교 사이의 긴장관계가 완전히 해소된 것은 아니었다. 심지어 '연설할 기회가 부여되었을 때'(베크, 《정치연설 이론에 관한 연구》, 14쪽)에야 비로소 자신의 삶이 주어졌다고 스스로 고백한 바 있는 널리 알려진 저 위대한 연설가 나치안츠의 그레고리우스(3세기 후반)마저도 동시대의 설교자들이 단순하고 기교 없는 기독교를 너무 치장한 나머지 흐려놓았고, 세속적인 요소들을 시장으로부터 성전(聖殿) 안으로 들여놓았다고 비난하고 있다.

4. 여러 학문들

　중세 시대에는 교부들과 초기 신학자들이 열어놓은 가능성이 착실하게 활용되고 전개되었지만, 이 시기는 수사학의 역사에서 가장 어둡고 가장 덜 연구된 시기들 가운데 하나이다. 교육학·학문·교육 기관의 역사를 보면 좀 다른데, 아래에서는 마지막으로 이 역사에 대해 몇 가지 언급해 보고자 한다. 고대의 학문 체계는 아홉 권으로 된 마르티아누스 카펠라(5세기)의 《문헌학과 메르쿠리우스의 결혼에 대하여》――이 제목은 신화적 틀 이야기와 관계 있다――를 통해 후세에 전해져 표준의 역할을 하게 되었다. 이 작품은 중세에 가장 중요한 교과서가 되었으며, 끊임없이 되풀이하여 발간되었다. 나중에――아마 앨퀸 시대――Trivium(삼학)이라는 이름으로 총괄된 세 가지 언어적 artes(학문들)에 이어 네 개의 수학적 분과 학문들이 뒤따랐는데, 이 학문들은 나중에 Quadrivium(사학)으로 묶여지게 되었다. 생빅토르의 위그(1096-1141경)는 《*Didascalicon*》에서 이 명칭이 가장 훌륭한 도구이자 출발 이유로서 "철학적 진리를 온전히 인식하도록 정신에 길을……터주는" 것이라고 설명하고 있다: "그래서 세 가지 길(Trivium)과 네 가지 길(=Quadrivium)이라는 이름이 나온 것인데, 이 이름들은 말하자면 활발한 정신이 다니는 길을 나타내는 것이고, 정신은 그 길을 거쳐 지혜의 비밀스런 방 안으로 들어갈 수 있는 것이다."(위그, 《*Didascalicon*》, 188쪽)

　철학은 비록 위그가 살던 시대에 다시 새로운 가치를 얻긴 했지만, 바로 이러한 명칭들에서 '학문들' 이 그 이전 수백 년 동안에도 잃어버리지 않았던 예비적 성격이 나타난다. 마르티아누스 카펠라가 학문들을 다루었던 순서(문법·변증법·수사학·기하학·대수학·천문학·음악)는 언어적 학문과 수학적 학문의 전통적 이분법을 가리키고 있다. 그러나 이 분할 내에서의 순서는 나중에 조금씩 바뀌게 된다. 수사학이 흔히 변증법 앞에 오고, 문법은 물론 언제나 맨 앞자리에 오는데, 그 이유는 문법이 모든 학문의 기본 전제로 간주되었기 때문이다. 자유 학예에 대해서는 후세의 저술가들보다 마르티아누스 카펠라가 훨씬 더 자세하게 상론하고 있다. 삼학(三學)과 사학(四學)은 대체로 비슷하게 다루어진다. 성직자의 언어적·해석적 관심사와 함께 그 이후의 시대에는 삼학이 점점 더 전면에 나오게 된 데 반해 사학의 학문들은 쇠퇴하게 되었다. 그 이유는 특히 양에 관한 이론으로서의 우주론적 사고가 고대와 고대 말기에는 여러 학문들을 서로 묶어 주는 역할을 했었지만, 이제 기독교 교리에서 학문들의 실용적 활용을 목표로 하는 사고에 의해 교체되었기 때문이다.

VIII

수사학의 철학으로서 인문주의

1. 인문학

옛 저술가들의 재발견과 그들에 대한 연구는 매우 특수한 의미에서만 르네상스와 그것을 지탱해 주는 인문주의라는 정신적 운동의 업적이라 할 수 있다. 앞장에서 강조했듯이 물론 중세 시대도 고대의 지식을 사용하긴 했다: 고대의 지식은 기독교의 정당화를 위해, 성경의 주해를 위해, 설교와 선교를 위해, 그리고 주위 이교도 세계와 대결하기 위해 사용되었던 것이다. 또 다른 증거는 자유 7학예의 여전한 영향력이다. 중세의 수도원과 교회 학교는 키케로·베르길리우스·세네카·마르티아누스 카펠라를 모범으로 삼았고, 보이티우스든 카시오도루스든 또는 세비야의 이시도루스든 모두 한결같이 고전 작가들에 대해 경탄하는 글을 썼다.

그렇지만 무엇보다도 일반적으로 축소된 기독교적 인식 관심에 의해서만 주도되었던 극히 단편적인 전승의 탓으로 돌릴 수 있는 커다란 틈이 있었다. 인문주의자들은 이제 이 제한된 시각을 전대미문의 방식으로 확대시키게 되었다. 고대의 모범성은 그들에게 있어서 모든 분야에 걸쳐 존재했다. 사용할 수 없었던 탓으로 중세엔 잊혀졌었던 고대의 많은 업적들(예를 들어 철학·회화·건축에서의 업적들)이 발견되었다. 어둡고 야만적인 중세라는 말은 연구에 의해 이미 오래 전에 반박된 것이긴 하지만, 바로 여기에 그 기원을 두고 있다 해도 틀리지 않을 것이다. 15세기와 16세기의 인문주의적 지성인들이 새로 발견되었거나 완전히 복원된 키케로나 퀸틸리아누스의 텍스트에서 자신들이 아직 거의 느끼지조차 못했던 문제들(가령 국가에서 실천적 행위 지향의 문제)이 이미 해결되어 있는 것을 발견하고 놀란 사실을 생각해 보라.

고대와의 새로운 관계의 기반은 이제 studia humanitatis(인문학; 인간에 관한 연구)라 불리는 연구의 직접적 대상이 되어 버린 작가들과의 새로운 관계이다. 그리하여 고전 작가들의 작품들이 시가(詩歌) 모음집이나 주석을 통해서만 알려지는 시대는 지났다. 사람들은 언어의 역사성과 자기 자신의 삶에 대한 새로운 의식에 보편적 관심을 갖게 되었다: "고대 작가들의 작품을 읽는다는 것이 의미하는 바는, 점점 커져 가는 역사적·비판적 의식을 습득한다는 것이고, 자기 자신과 다른 사람들에 대해 해명할 줄 안다는 것이고, 인간 세계의 범위와 그 발전을 파악한다는 것이며, 인류가 비록 다변적이지만 시간 속에서 진보하고 공간을 극복하는 어떤 힘에 의해 발전되어 나가는 통일적인 사회임을 이해한다는 것이다. 고대 작가들의 참된 의미를 재발견하여 그들에 대해 새롭게 연구한다는 것은, 대화와 인간 협동의 의미를 깨달아 인간이 세계 안으로 진입해 들어감을 의미했다. 고전 작가들에 대해 가르치며 청소년을 교육시켰다면, 이는 공통된 인간성의 발전과 통일성을 인식하도록 실제로 도와 주었음을 뜻했다."(가린, 《유럽 교육학의 역사와 자료》, Ⅱ, 11쪽)

새로운 현대적 텍스트관의 발전에서 수사학이 어떤 역할을 했는지는 작은 예에서 밝혀질 수 있을 것이다. 수사학 교육을 받은 학자들로서 페트라르카(1304-1374)처럼 고대의 교과서와 철학적·학문적 업적을 반영하는 문학적 증거들을 체계적으로 찾아 수집했던 학자들은 적합성 이론(연설이 모든 외적·내적 전제조건에 알맞아야 한다는 이론)에 담겨 있는 상대성 가정에서 출발했다. 이 가정에 따르면 어떤 텍스트든지 그 발생조건·상황·장소·시간·공간 및 수신자와 결부되어 있다. 이러한 방식으로 비판적 텍스트학인 문헌학이 생겨났는데, 그 자체는 고대의 수사학적 정신에서 비롯된 것으로서, 이에 따르면 포괄적인 문예적·철학적·역사적 지식만이 원본으로부터 고대의 지식을 추론해 낼 수 있다. uomo universale(보편 인간), 즉 폭넓은 교양을 갖춘 학자가 그 시대의 주도 인물이 되었다.

인문주의적 교육학이 학교 수업에서 관철시켰던 몇 안 되는 변화들은 주로 학과목들간의 서열과 분할에 관련된다. '자유 7학예'의 체계가 비록 느슨해지긴 했지만 그 구조화 기능은 변함없었다. 이 체계는 결국 고대 교육의 산물이자 거울이었는데, 인문주의자들은 그 타당성을 약화시키려 한 것이 아니라 강화시키려 했다. 그런 이유에서 무엇보다도 언어 공부가 중심으로 이동하여(가장 중요한 개혁) 그리스어가 새로 추가되었다. 언어 공부는 말하자면 삼학 내에서 자리를 얻었던 것이다. "모든 수업의 토대는 라틴어로 진행된 기초 수업으로서, 체계적이고 견실한 문법 수업이었다. 형태론과 더불어 특히 운율과 박자가 중요시되었는데——15세기 중엽의 이탈리아로서는 주목할 만하다!——이를 위해 베르길리우스의 작품과 더불어 여전히 교리적 작품이 추천되었다. 두번째 단계에선 그리스어가 시작된다: 형태론, 가벼운 산문 작품, 호메로스 등의 작가들을 배우게 된다. 동시에 라틴어 상급 과정이 시작되는데, 바티스타 구아리니는 이 과정을 역사 위주로 운용된 과정이라 부르고 있다. 강독의 순서는 역사·시학·수사학·철학이었다. 역사·지리·천문학은 강독에서 다루어졌지만 독자적인 구성에 따른다거나 독자적인 목적을 위해 다루어지진 않았다. 이렇게 하여 일관성 있는 인문주의적 교과 과정이 생겨났다."(돌히, 《유럽의 교과 과정》, 178쪽) 인문주의적 교육의 최상의 목표는 웅변으로서, 다른 모든 교과들이 그 하위로 들어간다. 첫 4년은 거의 오로지 고대 언어의 문법 수업으로 정해졌는데, 이를 위해 특별히 선별한 몇몇 고전 작품을 읽었다. 이러한 철저한 준비가 끝난 후에야 비로소 수사학과 변증법 공부가 시작되었고, 이어서 사학의 학문들이 뒤따랐다. 중세 후기에 여러 대학이 생겨나면서 수사학은 다른 자유 학예들과 함께 세 개의 더 높은 학부인 신학·법학·의학 학업을 위한 준비 과정의 역할을 맡게 되었다. 그러나 이것은 수사학의 진정한 영향력에 대해 아직 충분히 말해 주고 있지 않다: 최소한 법학과 신학만큼은 바로 인문주의의 영향하에 수사학적 영역으로 간주되어야 한다.

2. 주도 학문으로서의 수사학

이것만으로는 인문주의의 최대 프로젝트가 아직 시야에 들어오지 않는다: 그것은 바로 수사학을 종합적인 주도 학문으로 만들고, 수사학에 정치적·실천적 차원(우선 이탈리아 북부의 도시국가와 르네상스의 탄생지에서)을 되돌려 주며, 키케로식으로 말과 도덕을 다시 통일시키는 것이었다. 페트라르카에게 있어서 이상적인 지혜는 동시에 이상적인 웅변이다. 페트라르카가 메시나의 토마스에게 보낸 편지에서 상술하고 있듯이, *sapientia*(지혜)와 *eloquentia*(능변), *ratio*(이성)와 *oratio*(웅변)는 통일체를 이루어 함께 진실로 인간적인 삶을 위한 실천적 지도를 목표로 한다. 실천적으로 삶에 대처하도록 방향지어진 사고의 가장 중요한 도구는 토포스 체계이다. 논리학과 변증법은 토포스 체계와 융합하고, 진리는 개연성에 묶이게 된다. 참일 수 있는 것으로서 확실하게 증명될 수 있는 것만이 또한 진리로서 수용된다. 세계는 언어를 거쳐서만 접근 가능하지만 언어의 논리는 수사학의 논리이기 때문에 수사학은 보편적인 세계원칙으로 상승한다. 로렌초 발라(1407-1457)에서 시작하여 루돌프 아그리콜라(1443-1485)에 이르기까지, 그리고 그것을 넘어서서 수사학과 그 변증법은 자연 철학뿐만 아니라 윤리의 문제, 그리고 웅변가와 시인의 언어 사용의 문제를 다룬다. 아그리콜라는 추론·표현·설득의 기술이 합쳐진 논리학을 구상하고 있다. 도덕 철학과 정치학은 '특히 역사서술가·시인·웅변가한테서'(가린, 《유럽 교육학의 역사와 자료》, II, 50쪽) 배우고 연습할 수 있는 가장 중요한 사고 분야가 되었다.

여러 학문이 이리저리 자리를 이동하고, 변증법과 수사학이 서로를 대변하며, 끝으로 수사학이 보편과학으로 실체화한 것은 상당히 혼란스럽게 여겨지는데, 그 이유는 용어상으로 정밀하지 않기 때문이다. 즉 하나의 명칭이 다른 명칭 대신에 쓰일 수 있는 것이다. 그래서 로렌초 발라는 수사학과 철학 사이에 필연적 관계가 있음을 확인하고 있다. 수사학이 '말의 풍부함(copia verborum)'을 가지고 있고 사물의 특수성을 파악할 수 있는 반면에 철학은 현실에 관한 본질적 규정, 시간, 생성과 소멸의 역사적 조건들을 고려하지 않기 때문이다. 현존재는 과거·현재 또는 미래로서만 존재하고, 모든 존재에 적용되는 이러한 시간결부성과 상황결부성은 철학에 의해서가 아니라 수사학에 의해 고려된다는 것이다. 이제 일관성 있게 철학으로서의 수사학(가령 이소크라테스의 모범에 따라)을 내세우는 대신에 발라는 철학자에게 수사학적 방법을 사용할 것과 모든 현상 가운데 언제나 새로운 것, 역사적으로 변하는 것, 상황과 결부된 것을 수사학의 도움으로 인식할 것을 요구하고 있다. 인간이 현실로서 경험하는 것의 의미를 그때그때 벌어진 상황의 맥락에서 파악하는 것이야말로 수사학적 사고의 본질적 특성이기 때문이다.

이 점에서 레오나르도 브루니(1370-1444)는 발라보다 이미 훨씬 더 앞질러 나가 circumstantiae, 즉 말이 나타나고 말을 끊임없이 바꿔가며 사용하도록 만드는 정황을 그 말이 지시하는 대상을 인식하는 데 있어서 결정적인 것으로서 철학적 관심의 중심에 갖다놓았다. 사고는 더 이상 말의 고정된 논리적 진리가 아니라 맥락과 텍스트 상황에 의해 그때그때 좌우되는 말의 의미를 좇는 한 수사학적 의미에서 비유적으로 된다. 로테르담의 에라스무스(1467-1536)는 이러한 인문주의적·수사학적 현실 해명 방법을 간결한 분모로 옮기고 있다: "우리는 말을 통해서만 사물을 알고 있다. 언어를 지배하는 힘을 가지고 있지 않은 사람은 어쩔 수 없이 근시안적으로 될 수밖에 없고, 사물에 대해 판단할 때 현혹당하기 쉬우며 어리석다." (에라스무스, 《올바른 모방》, Ⅱ, 51쪽) 개념상의 혼란을 가중시키자면, 또 다른 인문주의자인 이탈리아의 조반니 폰타노는 기존의 철학 대신에 '라틴어 철학'을 요구하는데, 그 이면에도 수사학이 고유의 영역을 넘어서 모든 세계관과 학문관의 토대가 된 사실이 숨어 있다: "그는 비록 수줍어하고 소극적이긴 했지만 바로 이 철학자들이 그들 스스로 '정황'이라고 부르는 것을 너무 하찮게 받아들였다는 사실에 놀랐다. (사실 씀씀이가 헤픈 사람들은 누군가에게 줄 때 얼마나 줄지, 무엇을 어떠한 상태로 주어야 할지, 그리고 그밖에 다른 것도 많이 생각해야 한다.) 그리고 고대 작가들은 이 모든 정황들을 흔히 단 하나의 낱말로 포괄했다고 하는데, 그 낱말이 바로 '선택'이라는 것이다. 키케로가 '사물들 가운데 하나를 선택해야 한다'라고 처방하고 있다면, 그가 처방하고 있는 것은 다름 아니라 사물·시간·인물·장소의 '의미'를 고려하고, 바로 이런 식의 생각이 영리함에 독특한 것이기 때문에 영리해야 하는 행위자에 따르기 마련인 다른 모든 것을 고려해야 한다는 것이다.

그런데 이에 대해 아이기디우스는 우리와 함께 산책하던 중, 비록 정중하고 온당한 태도였지만, 옛날 철학자들의 태만으로 인해 한편으로 넘쳐날 정도로 풍부한 로마 언어가 그 풍부함에도 불구하고 결핍에 시달리는 것처럼 보이게 되었고, 다른 한편으로 거의 교육을 받지 못한 작가들이 발로 차 버릴 그리스 낱말들은 그 본디의 힘과 의미를 라틴어로 재현하지도, 특색 있게 재현하지도 못하게 되었다고 불평을 늘어놓은 적이 있다. 그러다 보니 우리 시대에 능변을 연구했던 사람들이 철학에 아무런 힘도 기울이지 않거나 극히 적게만 애썼지만 철학자들은 아예 처음부터 능변을 알지 못하리라는 것도 전혀 놀랄 만한 일이 아니라는 것이다. 그리고 원컨대 그들이 능변의 적이 아니길!"(폰타노, 《대화》, 601쪽 이하)

철학의 수사화는 인문주의자들이 많이 인용하는 키케로의 구상, 즉 인간의 활동적 실행(vita activa)이라는 우선원칙을 위해 두 학문 사이의 분열을 극복하려는 구상으로부터 가능한 가장 큰 귀결을 이끌어 낸다. 고문서의 수집가이자 고대 작품의 열광적 독자이며 박식한 주석가였던 콜루치오 살루타티(1331-1406) 같은 작가의 생애를 살펴보아도 이에 대한 가장 좋은 본보기를 발견할 수 있다. 그는 비록 승려 신분으로 이끌려 갔고, 그의 저서 《세속과 종교에 대하여》를 통해 보건대 승려 생활에 대한 찬미가였지만, 연설가로 활동하면서 정치적 수완이 뛰어난 철학자라는 자신의 이상과 일치시킬 수 없었던 외로운 학자 생활을 스스로 단념했다. 사람은 어디에 처해 있든지간에 바로 거기에서 동료와 국가를 위해 쓸모 있는 존재여야 한다고 피렌체 공화국의 수상이 설파한 적이 있다. 이 역시 자기 스스로에 대해 한 말이다.

지식이 실천적으로 됨으로써 비로소 지식으로서 입증될 수 있다는 것은 매우 광범위한 결과를 초래한다. 지식이 실천적으로 될 수 있으려면 수신자한테 도달해야만 한다. 이 관련성은 언어의 중개 가능성에 대한 인문주의자들의 성찰에 기초가 되어 있는 것이다. 궁극적으로 어떤 논거나 서술의 수용 여부야말로 그 올바름을 결정하는 것이기 때문이다. 이와 관련 있는 것은, 시문학이 대부분의 이론가에게 있어서 현실의 organon(도구)이라는 지위에 도달한다는 점이다. 이 지위에서는 시적 언어가 "모든 생명체의 형태·성격·말과 행동으로 되고, 하늘과 별의 움직임으로, 미쳐 날뛰고 휘몰아치는 바람으로, 탁탁 소리를 내는 불길로, 우레와 같은 소리를 내는 파도로, 산꼭대기로, 숲의 그늘로, 흐르는 강물로…… 되기 때문에 사물과 현상이 곧바로 이해될 수 있다."(가린, 《유럽 교육학의 역사와 자료》, II, 7쪽) 시인들은 묘사하면서 세계를 열어젖히고, 비유를 쓰면서 세계를 구성한다. 이것이 그들의 가장 중요한 역할이고, 이 역할이야말로 그들을 수사학적 세계관의 본보기적인 모범으로 만들어 주는 것이다.

따라서 폰타노는 시문학을 수사학의 일부로 이해했고, 보카치오나 살루타티 같은 사람들은 힘찬 찬가에서 기독교 정화주의자들이나 스콜라 철학자들의 공격에 맞서 수사학을 지켜 주었다. 그러나 인문주의 저술의 특징이었던 그러한 파토스, 쾌활한 음조, 발견과 발명의 분위기가 있었다고 해서 그러한 것들이 전적으로 현실적인 인간학에 근거하고 있었다는 점을 못 보고 지나쳐선 안 된다. 보카치오가 현존재의 허약함에 대한 시문학의 치유력을 높이 사고 있듯이 레오나르도 브루니도 litterae(문자, 문학)를 결핍 존재인 인간의 역할로 파악했다: "이 약해빠진, 혼자서는 살아갈 수 없는 동물에게"(브루니, 《인문주의-철학 논집》, 39쪽) 수사학 · 철학 · 윤리학 · 정치학은 삶에 필수적인 보상물이다. 또는 에르네스토 그라시의 말을 빌리자면, "[인문주의에서] 합리적 언어에 대한 역사적 언어의 우위를 통해 수사적 언어의 과제는 더 이상 '논리적' 진리를 위해 봉사하는 persuasio(설득)가 아니라 수사학 자체가 본래적인 철학하기의 표현이 된다."(그라시, 《수사학적 인문주의》, 168쪽)

IX

궁정수사학

1. 역사적 환경

르네상스의 탄생지는 피렌체·베네치아·시에나·만토바·우르비노 같은 북부 이탈리아의 도시공화국들이었다. 황제권과 교황권이 약해지고 중앙집권이 무너짐으로써 지방세력이 자유로워졌고 세력을 확장할 공간을 얻게 되었다. 야콥 부르크하르트는 세계 최초의 현대적 국가로서 피렌체를 꼽았다. 이 도시에서 도시 시민 계층, 특히 상인 계층은 절대화되어 가고 있던 영주들과 동맹을 맺어 기사 봉건 제도를 맨 먼저 무너뜨렸고, 거대상인과 은행가 같은 지도층이 국가·사회적 활동을 규정하게 되었다. 수공업체와 더불어 공장이 생겨났고, 경제 활동은 비용 산정에 의해 이루어지게 되었다. 세계의 계산성이 시작되었고, 경제적 합리주의는 개방된 세계시장을 창출해 냈다. "인간은 활동을 하도록 창조되었고, 이득은 인간이 하기 나름이다"라고 저 유명한 수사가이자 예술이론가·건축가인 레온 바티스타 알베르티는 쓰고 있다.(알베르티, 《건축론》, 1,10) 초기 르네상스의 인문주의자들은 이러한 환경이야말로 이상적인 삶과 노동의 조건이라고 생각했다. 그들은 봉건주의에 얽매여 있던 종교 문화 대신에 보편적으로 소유 가능한 이성을 내세웠다. 그들은 이 새로운 문화의 정신적 담당자가 되었으며, 철학은 수사학과의 동맹관계 속에서 신학으로부터 해방되어 앞에서 이미 언급한 바 있었던 그러한 실천적 지향성을 얻게 되었다. 교육과 교육학의 완벽한 쇄신도 항상 고대에 의거하여 이루어졌는데, 그 이유는 공명심에 가득 찬 시민 계급 지성인들이 그들의 목표와 생각을 경험적으로 증명하고 역사적으로 합법화시킬 필요가 있었기 때문이다: "그래서 인문주의자들은 모든 계층적 특권을 떨쳐 버리는 민주적인 평등 이데올로기 'humanitas(인문주의)'를 인문주의적 '연구'를 통한 'virtus(덕)'의 고양과 결합시킨다. 그것은 지성인과 스스로 (시대에 맞을 뿐더러 그것을 넘어서서 '일반적으로 인간적인') 교양 지식을 소유하고 있고 그 형식을 터득하고 있다고 생각하는('sapientia et eloquentia' ; 지혜와 능변) 수사학자의 새로운 거리 유지에서 비롯된 것이었다."(마르틴, 《사회학》, 4쪽) 새로운 계층의 복고적 경향은 그러한 과거로의 전환이 갖는 이면이다. 궁정은 이러한 환경에 처한 출세 계층에게서 지배적인 의미를 얻게 되었다. 궁정은 사회적 중심이자 엘리트의 집합 장소였지만 그렇다고 해서 비귀족 계층에 빗장을 걸어 잠근 것도 아니었다. 궁정은 시민 계층이 담당하는 새로운 문화를 옛 봉건주의 형태와 이어 주는 역할을 맡게 되었다. 시민 계층의 이러한 귀족화 현상은 마침내 너무 지나치게 흘러, 발다사레 카스틸리오네(1478-1529)는 실제 궁신이려면 귀족 혈통이어야 한다고 다시금 요구하게 될 정도였다. 이에 대한 이의 제기는 없었다: 궁신들이 귀족 칭호를 찾아 헤맨 것을 보면 그들은 카스틸리오네의 요구를 인정한 셈이다. 그의 《궁정인에 관한 책》은 재미있고 흥겨운 교육 대화의 형태로 씌어졌는데, 이러한 새로운 궁정 문화와 그 형태 및 표현 방식들을 정확하게 기술하고 있다: "궁신은 언제나 독립적 신분이었던 자유공화국의 자유 시민이 더 이상 아니다. 궁신은 군주를 섬기는 궁정 사람으로서 영주의 친지이면서 그의 동료이기도 하다. 어떤 경우에는 여기에 인문주의적 교육의 형태들이 존속해 있는 것처럼 보인다……."(가린, 《유럽 교육학의 역사와 자료》, Ⅱ, 47쪽)

2. 궁정인에 관한 책

이 인문주의적 교육 형태들은 물론 계속해서 살아 나갔다. 수사학의 역사에서 '수사학과 공화국'의 공속성이라는 어구를 매우 강력하게 일깨워 유지시켰던 지배 수사학에 대한 민주적 조심성은 역사 서술을 오랫동안 꽤나 편향적으로 만들어 놓았다. 실제로 인문주의자들은 서기·급사·정치 관료와 같은 자신들의 특성상 이미 궁정 조건하에서의 활동에 의존해 있었다. 그래서 "우리가 르네상스라 부르는" 이러한 "시민 역사의 온갖 전주(前奏)가……민주적으로 시작하여 궁정에서 끝났고"(마르틴, 《사회학》, 42쪽) 인문주의적 교육의 이상이 다시 힘을 얻은 궁정 문화 안으로 큰 어려움 없이 편입되었다는 것은 놀랄 만한 일이 아니다.

카스틸리오네가 유용하게 본떠 표현한 인문주의적 궁정의 교육 이상은 그후 유럽의 교육 전통에 무시할 수 없는 영향력을 행사했다. 《궁정인에 관한 책》은 모든 문화어로 번역되었고, 이미 1560년에 독일어로 번역되었으며, 18세기에 이르기까지 '궁정 이상과 인

문주의적 · 수사학적 교육의 동맹'(바르너, 《바로크 수사학》, 369쪽)
이 완결되어 나타나는 궁정문학 장르 전체의 표본이자 모범이 되었
다. 독일의 귀족 교육도 17세기초 이래로——로만어로 쓰인 궁정
문학의 소설 번역본은 16세기말에 처음 나왔다——궁신뿐만 아니
라 세계인이 되어야 할 'Cortegiano'라는 궁정의 교육 이상 없이는
거의 생각해 볼 수 없는 것이었다. 풍속과 생활 양식이 인간을 만든
다는 인문주의적 신념 또한 카스틸리오네를 분명히 변호해 주고 있
다. 그는 궁신이 기술을 통해서만 자신의 장점을 빛나 보이도록 만
들 수 있는데도 만약 그가 그 장점을 숨긴다면 그것은 어리석은 짓
이라고 말한다: "당신이 가지고 있는 보석은 손대지 않아도 아름다
우나 훌륭한 세공사에 의해 제대로 가공되어 훨씬 더 아름답게 만
들어졌다면, 당신은 세공사가 그 보석을 바라보는 사람의 눈을 속
이고 있다고 말씀하시진 않을 것입니다!"(카스틸리오네, 《궁정인에
관한 책》, 164쪽) 그리고 페데리코는 여러 대화로 나누어져 있는 이
책의 똑같은 담화 부분에서 마찬가지로 약간 격식 없이 그러한 보
석 세공에 대한 기만 비난을 최소한 겉으로 수용하고 있지만, 조금
뒤에 가서는 궁신이 "거짓말쟁이나 허황된 자의 이름을" 얻어선 안
되고 모든 대화에서 "가능한 것을 포기하지 않으며, 너무 자주 거
짓말처럼 보이는 진리를 말하지 않도록"(카스틸리오네, 《궁정인에
관한 책》, 164쪽 이하) 유의해야 한다는 것을 강조하고 있다. 이것은
근본적으로 바로 진리를 발견하도록 의무지워진 수사학적 이론이
다. 가령 외적 적합성, 즉 발화 상황에의 적합성이 충족되어 있지
않아 진리로 간주될 수 없는 진리는 설득력이 없고, 따라서 그 정반
대로 받아들여질 수 있으며, 이는 어떤 것의 진리에 소용이 없는 일

이다.

　인민집회도 아니고 법정도 아닌 바로 궁정에서의 사교성이 궁신을 실제적으로 검증할 장소를 규정한다 하더라도 완벽한 궁신이란 전적으로 수사학의 **vir bonus**(훌륭한 사람)라는 모델에 따라 그려졌다. 그것은 단순히 무미건조한 전문 지식 소양으로 잘못 빠져들어선 결코 안 되는 보편적 교양이며, 작위적이고 치장된 모든 것을 피하고 모든 태도 · 행동 · 활동에서 경쾌함(sprezzatura)과 우아함(grazia)을 보여야 할 담화이다. 키케로적인 '훌륭한 사람' 의 **urbanitas**(도회성)는 카스틸리오네 공작이 자신의 경험을 따라가며 우르비노의 궁정에서 일어난 것으로 연출한 가상의 대화에서 그 화려하기 짝이 없는 면을 전개시키고 있다. 당당한 등장, 사교적인 교제에서의 세련됨, 극단적인 입장으로 빠져들지 않는 정확한 판단과 적절한 태도(decoro), 각 방면에 걸친 교양과 품위 있는 대화 운영, 끝으로 복장 문제라든지 놀이와 오락 문제에 대해 아주 세밀한 부분까지 설명해 주면서 정숙함과 진정한 기품을 일치시키고, 스스로 즐기면서 문화사적으로 흥미로운 많은 보기들을 들어가며 설명해 준다든지, 이 모든 것이 합쳐져 유럽에 큰 영향을 끼친 하나의 교양 이상이 되었다. 언어란 작용과 관련된 의사소통 수단이자 모든 문화적 활동의 매개체이지만 말하는 사람은 자신의 모든 언술과 모든 모습에서 자신의 고유한 진리를 그려내어 그에 적합하게 행동해야 한다는 신념, 그리고 사회 조직에 있어서 구조화 역할을 하게 된 신념으로서 **gentilhomme**(귀족)이든 **honnête homme**(정직한 사람)이든, 교양인이든 신사든, 형식의 소유는 동시에 내용의 소유를 의미한다는 신념, 이 모두는 위에 든 교양 이상 없이는 생각할 수 없는 것이다. 이 모든 본보기상에서 '훌륭한 사람' 은, 비록 그것을 목표로 하는 개인들의 그때마다의 사회적 체면 유지 욕구에 맞추어졌지만, 어쨌든 이상하리만치 견고한 이상형이 되었다.

3. 궁정 웅변의 형식과 기능

수사학이 새롭게 궁정 사회로 방향을 설정하면서 새로운 웅변술이 탄생하게 되었다. 이 새로운 웅변술은 비록 고전으로부터 그 재료를 취하긴 했지만 16세기와 17세기의 학교 수사학과 약간 더 많은 공통점을 가지고 있었다. 세 가지 고전적 연설 종류(법정연설, 정치적 권고연설, 식장연설)가 전과 다름 없이 수업에서 지배적이었고, 설교가 성직자의 양성 과정에 추가되었다. 식장연설은 그에 반해 의사소통, 식전(式典)상의 필요에 맞추어지면서 꾸준히 궁정의 정치적·사회적 현실에서 유일하게 중요하고 실용적으로 의미 있는 장르로 남게 되었다. 이것은 그때그때의 상황과 목적에 따라 권고연설의 요소들이 식장연설에 의해 채용될 수 있었음을 의미한다. 30년 전쟁 전에는 심지어 "제국의 영토 내 여러 신분의 공동 통치 단계에서"(브라운가르트, 《궁정 웅변》, 36쪽) 정치적 연설도 있었다. 자신의 권리를 확보해 두는 것이 충성을 바치는 것보다 선행되어야 했기 때문이다. "각 신분 대표가 모인 의회는 국가 권력의 공동 소유자로 이해된다. 그러한 견해는, 한 나라의 군주가 얼마나 안정과 연속성의 요인이 되지 못하고, 그 나라가 얼마나 그에게 양도할 수 없는 자신의 유동 자산으로 간주되는가를 방금 보여 주었던 갈등을 고

려해 본다면, 그 자체로서 충분히 납득할 만한 것이다."(브라운가르트, 《궁정 웅변》, 37쪽)

지나치게 꼼꼼하다고 간주되는 학교 수사학이 궁정 세계와 아무런 관계도 유지하지 못했기 때문에, 《궁정인에 관한 책》 유(類)의 책들처럼 더 이상 일차적으로 교양 이상을 전파시키는 것이 아니라 그 반대로 궁정의 경쟁 상황을 실용적·구체적으로 다루는 안내 책자들이 많이 등장했다. 궁정 연설가가 특별한 공적 자리(궁정 사회는 요즘 시대처럼 공과 사를 분리하지 않는다)에 참석하여 군주 앞에서 라이벌 관계에 있는 다른 궁신들에게 뒤지지 않기 위하여 가지고 있어야 할 재주에는 적절한 복장에서부터 올바른 칭호에 이르기까지, 단정한 표정과 동작에서부터 짤막한 대화에 이르기까지 수사학의 모든 분야가 포함된다. 율리우스 베른하르트 폰 로어(1728)가 쓴 동시대 기사 웅변 교과서의 상세한 제목만 보더라도 이 실용수사학의 다양성과 면밀함이 드러난다: 《의상, 칭호, 작위(爵位), 칭찬, 동작시, 궁정에서, 그리고 종교적 행위시, 대화시, 편지 교환시, 방문시, 집회시, 놀이시, 숙녀와의 교제, 연회, 오락, 가구 비치, 복장, 장비(裝備) 등 특히 부유 정도에 따라 젊은 독일인 바람둥이 조심하기 등에 적용되는 일반적 규칙들을 규정하는 사인(私人)의 의전학(儀典學) 입문 *Einleitung zur Ceremoniel-Wissenschafft Der Privat-Personen/Welche die allgemeinen Regeln/die bey der Mode, den Titulaturen/dem Range/den Compliments, den Geberden, und bey Höfen überhaupt, als auch bey den geistl. Handlungen/in der Conversation, bei der Correspondenz, bey Visiten, Assembleen, Spielen, Umgang mit Dames, Gastereyen, Divertissemens, Ausmeu-*

blierung der Zimmer / Kleidung, Equipage, u.s.w. Jnsonderheit dem Wohlstand nach von einem jungen Teutschen Cavalier in Obacht zu nehmen / vorträgt [⋯]》(로어, 《사인의 의전학》, 309쪽)

넘쳐날 정도로 많은 궁정의 다분히 정치적인 상황 수사학을 좀 정리해 보면, 그 동기에 따라 구별하는 것이 바람직하다. 이를테면 충성을 맹세하는 연설인지, 외교적 연설인지, 알현시의 연설인지, 식전상의 칭송연설인지, 아니면 마찬가지로 '직접적이고 매우 높은 정치적 성격을 띤'(브라운가르트, 《궁정 웅변》, 152쪽) 친밀한 사적 상황(출생·세례·청혼 같은)에서의 연설인지가 중요하다. 실용적 궁정수사학은 식전 전반에 깊숙이 침투하여 고정된 나머지 모든 형식들은 극도로 정형화되었고, 연설은 흔히 대개 꽤나 상세하게 규정되어 있던 기존의 틀을 구두로 보충하고 채워넣는 것에 지나지 않았다. 흔히 이와 같이 관습화가 지나치게 진행되다 보니 수사학적으로 재미있는 또 하나의 결과가 나타나게 되었다: 미세한 뉘앙스를 주는 기술이라든가 거의 알아볼 수조차 없지만 어쩌다 음조나 신체 표현으로 표시되는 패턴 이탈을 전달하는 기술이 그 이전이나 그 이후에 유례를 찾아볼 수 없을 정도의 완벽성에 도달하게 되었던 것이다.

연설 자체가 글로 준비된 경우는 극히 드물었는데, 연설은 가장 우선적으로 외적 상황에 맞춰져야 했다: 외적 적합성은 가장 중요한 덕목이었던 것이다. 그러다 보니 표현·장식·통사적 합성이 오히려 뒷전으로 밀려나고 그 대신에 actio(행위), 즉 연설 수행의 분야가 특별한 의미를 얻게 되었다. 연설 도중엔 지체하지 말 것이며, 무질서한 발표와 장황함으로 청중을 지루하게 하지 말 것이며(짧음, 즉 brevitas는 궁정 웅변에서 최상의 문체 이상이다), 장소와 청중을 제대로 평가하고, 스스로는 뒷전으로 물러날 것——이런 것들이 가장 중요한 특징들이다. 연설이 행해져야 할 곳은 언제나 궁정 식전과 국가 식전으로서, 연설은 그러한 식전의 관점에서 적합하다든지 그렇지 못하다든지 하는 평가를 받는다: "국가=식전은 통치자 혹은 통치자의 역을 맡는 사람의 외적 행위가 지켜야 할 특정한 방식의 예의범절을 규정해 놓고 있다. 그 목적은, 이를 통해 통치자가 자신의 신하와 하인, 높은 위치에 올라 있는 영주 친척 및 다른 통치자한테서 자신의 명예와 명망을 얻거나 증대시키는 것이다. 국가=식전을 다루는 학문은, 위대한 영주가 스스로와 그의 가족, 그리고 신하들을 고려하여 수행하는 행위를 조절해 주고, 다른 영주들이나 그들의 사신들에게 경의를 표하는 수단에도 특정한 목표와 절도를 설정해 준다."(브라운가르트, 《궁정 웅변》, 26쪽)

X

예술의 수사화

1. 17세기의 수사학과 시학

하나의 예술사적 개념을 확대시켜 '바로크'라 부르는 데 익숙해
진 17세기의 문화 시대에 수사학은 마지막 전성기를 맞이한다. 수
사학이 모든 학문적이고 예술적이며 실제 삶의 표출들을 포함했던
시대는 그 이후로 다시는 존재하지 않았다. 동일시되기까지 한 시
학과 수사학의 밀착은 여전히 거의 눈에 띄지 않는 현상이었는데,
그 이유는 바로크 시대에 이 현상을 인문주의와 중세 또는 고대와
거의 다르게 보지 않았기 때문이다. 스칼리게르·멜란히톤·폰타누
스·보신·오피츠·하르스되르퍼 등 타고난 시인이나 신적인 재능
을 갖춘 시인들은 언제나 시인이면서 동시에 수사가이기도 했다.
수사가는 자신의 창안이나 영감을 효과적으로 전달하기 위해 수사
적 텍스트 이론의 기교 수단들을 터득하고 있어야만 한다: "수사적
으로 말하기의 가장 중요한 기준은 진짜 청중이든 단순히 상상해
낸 청중이든 연설가가 언제나 어떤 청중을 앞에 놓음으로써 생겨난
다. 이것은 대화투와 연극조(調) 같은 바로크 시문학의 영원한 자부
심을 낳고, 더 나아가 이 서정시에서 대명사 **Du**와 **Wir**의 문체 규정
역할, 전체 어휘와 호칭의 통사론이 나타난다."(비데만, 《요한 클라

이와 그의 성담극〉, 121쪽) 바로 이것이 바로크 연구에서 일반적으로 말하는 바인데, 그렇지만 실제의 상황은 정반대이다. 앞장 〈궁정수사학〉에서 대략적으로 묘사한 문화 담당자로서의 궁정 사회의 욕구, 궁정 사회의 자부심, 그 감정 상태, 식전(式典) 제도는 하나의 수사학을 만들어 냈고, 이 수사학은 그러한 요구조건에 부합하면서 나름대로 이른바 바로크 시문학을 형성했던 것이다.

바로크 시문학의 두드러진 특징은 계몽주의와 18세기의 관점에서 보자면 대화투와 연극조일지도 모르지만, 그것이 아니라 특별히 머리를 짜서 생각해 낸 풍부한 감정의 수사학이다. 17세기의 시인은 또한 도덕학자·교사·경고자·목사이기도 했지만 그에게 무엇보다도 중요한 것은 언어의 감정 함축력이고, 감정 작용은 시인에게 청중을 얻는 가장 확실한 방법으로 여겨졌다: "그것은 우아하게 말하는 것이다/우스꽝스런 소리로 귀를 채우는 것이 아니라/현명하고/날카로우면서 파고드는 듯한 힘으로, 또한 정선된/주어진 상황에서 쓸모 있고 효험 있는 말로 말하는 것이다. 말하자면/연설을 듣는 사람들이/시간에 따라/예의바르고 강력하게 설득되도록/말하는 것이다."(마이파르트, 《독일 수사학 또는 수사술》, 59쪽 이하) 우아하게 말한다는 것은, 인문주의가 수립했고 바로크 문학이 나름대로의 방식으로 해석하는 elegantia의 문체 이상으로서, 즐겁게 해주기, 재미있게 해주기(delectare)에서 시작하여 힘차게 모든 정념을 유발하는 말하기에 이르기까지 원래 그러한 과정 속에서 완성되는 다양한 감정 작용들을 포괄한다.

이러한 감정 작용에 도달하는 가장 중요한 수단이 수사적 문채인데, 수사학에서는 이것을 언어문채(figurae verborum)와 사유문채

(figurae sententiarum)로 나누었지만, 사실 그 사이의 경계는 경우에 따라 유동적이며, 따라서 이 문채들을 체계화하는 작업은 여러 이론가에게서 서로 다른 결과를 낳았다. 고체트도 문채를 간단명료하게 '정념의 언어'(고체트, 《상세한 수사술》, 273쪽)라 부르고 있다. 바로크 시인들은 문채를 주로 효과의 증대, 다시 말해 감정을 불러일으키는 그 효과의 관점에서 골라 썼고, 압도라는 목표를 위해 증대 기능으로 사용했다. 그리하여 매우 큰 의미를 가지게 된 것이 바로 반복문채와 확충문채이고, 여기에 모든 종류의 전의(轉義) 수단이 추가된다. 이 전의 수단들도 서로 증대시켜 주는 반복된 형태로 사용된다.

그러나 17세기를 하나의 통일적인 공식으로 묶는다는 것은 매우 어려운 일이다. 초기 바로크와 후기 바로크 사이, 시몬 다흐의 고전주의적인 시, 명백히 논증적이고 조심스럽게 장식된 파울 게르하르트의 노래와 슐레지엔 학파(그리피우스·호프만스발다우·로엔슈타인)의 기교주의적인 형태 예술 작품 사이엔 수사적 공통점이 별로 없다. 예외가 있다면, 이 모든 시인들이 수사적으로 가능한 수많은 문체들로부터 자신과 자신의 목적에 부합하는 문체를 선별했다는 점이다. 감정 증대는 그들의 공통된 목적이었지만, 감동적인 표현방법과 격정적이면서 놀람과 경탄을 자아내게 하는 표현방법 사이에는 매우 다양하고 미세한 차이가 있으며, 바로크 작가는 이 차이들 가운데 그 어느것도 등한시하지 않았다. '시 예술이 결정적으로 수사학에 기초하게 된 것'(크룸마허, 《바로크 애도가》, 107쪽)은 그 시대의 실제 기본 특징이었고, 문학의 모범성과 규칙성, 박식함과 노련함, 전통 결부성과 초민족적 지향은 18세기의 작가들로 하여금 바로크 시문학을 완강하게 거부하도록 만들 정도로 눈에 거슬리는 점들이었다. 18세기의 작가들은 지나친 장식이라며 바로크 시문학을 싸잡아 비난했는데, 만약 이 말이 들어맞는다면 그것은 기교주의적인 수사적·바로크적 시문학에만 해당된다.

2. 수사학적 예술 이론과 음악 이론

　문학과 마찬가지로 음악과 회화도 원칙적으로 작용의 관점에서 이해된다. 그래서 이 시대의 교과서들은 본질적으로 르네상스의 수사학적 이론을 계속해서 쓰고 있다. 중심에 서 있는 것은 설득 기능 및 청중을 예술적으로 설득하는 데 도달하기 위한 가장 확실한 수단인 감정과 정념의 움직임이다. 샤이베의 《비판적 음악가》(1737-1740)가 표현하고 있듯이 '소리가 아름다운 연설'이 감정을 움직이게 만듦으로써 청자의 가슴을 압도하는 것과 마찬가지로 회화도 팔레오티의 뜻대로라면 "관찰자의 영혼을……　감동시키게 되어 있다."(팔레오티, 《*Discorso intorno alle immagine sacre e profane*》, 117쪽) 수사적 징표에서 예술을 발견하는 일은 퀸틸리아누스에 의거할 수 있었고, 레오나르도 다 빈치·알베르티·부어마이스터 같은 르네상스 이론가들은 퀸틸리아누스의 의도에 이미 상당히 근접했지만, 모든 예술을 한결같이 수사학의 하위 종으로 통일시키려는 착상을 비로소 완성시킨 것은 바로크의 작가와 예술가였다. 부어마이스터가 음악적 양식 종류를 genera dicendi(말의 종류)로 파악하고 키케로식의 삼문체론을 음악적으로 재구성했다든지, 키르허가 음악의 문채 이론을 구상했다든지, 바이센보른이 작곡시의 창안 단계에 적용되는 열다섯 개의 토포스를 모았다든지 한 것은 단순한 우연의 일치도 아니고 유추 해석도 아니다. 음악은 수사적 예술로 간주되었고, 수사적 구조(생산 단계든 exordium(도입)에서부터 peroratio(결론)에 이르는 작품 분할이든 또는 토포스 중심의 착상론이든)는 그 어떤 다른 이론 구성도 용납치 않는다. 이는 회화에도 똑같은 것이 적용된다. 회화의 경우에도 그 수사적 개념은 위에 덧씌워지는 것이 아니라 통상적인 수사적 불변성, 완벽한 수사적 규정성 및 일치와 부합한다. 예를 들어 팔레오티는 화가의 과제로서 "dilettare, insegnare, e movere(즐겁게 해주기 · 교훈주기 · 감동주기)"(팔레오티, 《Discorso intorno alle immagine sacre e profane》, 118쪽)를 들고 있고, 리파는 상징 은유에 대한 수사적 이론을 구상했으며, 감정의 묘사를 위해 신체 웅변 교과서에 밀접하게 기댄 회화적 인상학을 개발했다. 색과 채색자의 문제, 휘장과 장식의 문제는 논거표현술의 문제로 파악되었고, 연설 부분들의 체계도 다시금 exordium(도입), narratio(서술) 또는 historia(이야기 전개)와 peroratio(결론) 등으로 나누어졌다.

사람들은 여태까지 줄곧 바로크의 통합 예술 작품의 성향을 지적해 왔는데, 이는 부당한 것이 아니다. 통일적인 수사적 예술 이론은 그 귀결로서 예술들간의 경계 침범을 내포한다. 바로크의 기념비 장식에서는 회화와 조각만이 서로 경계선을 넘나드는 것이 아니다. 서술과 풍유적 해의(解義)는 그림 기법이 아니라, 발터 벤야민이 단언하고 있듯이 "언어 · 문자와 마찬가지로 표현이다."(벤야민, 《독일 비극의 기원》, 178쪽) 시 분야에서는 호라티우스풍의 'ut pictura poesis(시는 그림과 같이)주의'가 지배적이었고, 도형시(圖形詩)와 우의서(寓意書)는 언어와 그림 사이의 경계를 뛰어넘는다. 음악적인 문장 구성과 도구화의 경우 청자한테서 즉시 특정한 그림이나 장면을 떠오르게 만드는 토포스들이 결정적 역할을 하며, 가곡·아리아·오페라라는 수사학적으로 주도된 예술 통일 의지의 모델에 다가선다. 예술들의 통일은 또한 삶을 가능한 한 최대로 고양시키고 예술을 통해 인간을 완전히 '극복'하고자 하는 예술의 작용 의도의 논리 자체 안에도 놓여 있었다.

수사학이 탄생한 후 모든 단절을 극복하고 꾸준히 살아남은 것이 인간이 궁핍과 명증 결핍으로 인해 수사적 기교를 필요로 하는 결핍 존재라는 사실 덕택이라면, 바로크는 또한 근거가 불충분한 이 인간학적 원칙으로부터 매우 광범위한 결론을 이끌어 냈다. 불꽃놀이·수상놀이·마술에 이르기까지 모든 예술들이 참여하고 있는 말 그대로 통합 예술 작품인 바로크 축제에서 수사적 예술 의도는 그 가장 유효한 형태에 도달한다. 축제의 공간은, 리하르트 알레빈의 말을 빌리자면 '총체적 축제'인 궁정 생활이다. 그 맞은편 끝은 평일이 아니다: "바로크식으로 축제에 몰두하는 밑바탕에는 삶이 그것을 필요로 한다는 실토가 깔려 있다."(알레빈, 《위대한 세계 연극》, 15쪽)

참고 문헌

Alberti, Leon Battista: *Zehn Bücher über die Baukunst.* Darmstadt 1975.

Alewyn, Richard: *Das große Welttheater. Die Epoche der höfischen Feste.* München 1985.

Aristoteles: *Metaphysik.* Übers. von Franz G. Schwarz. Stuttgart 1970.

── *Poetik.* Übers. von Manfred Fuhrmann. Stuttgart 1982.

── *Rhetorik an Alexander.* Übers. von Paul Gohlke. Paderborn 1959.

── *Rhetorik.* Übers. von Franz G. Sieveke. München 1980.

── *Topik.* Übers. von Eduard Rolfes. Hamburg 1968.

Augustinus, Aurelius: *Vier Bücher über die christliche Lehre(De doctrina christiana) Des heiligen Kirchenvaters Aurelius Augustinus Ausgewählte Schriften.* Bd. VIII, München 1925.

Barner, Wilfried: *Barockhetorik.* Tübingen 1970.

Beck, Ingo: *Untersuchungen zur Theorie des Genos symboleutikon.* Hamburg 1970.

Benjamin, Walter: *Der Ursprung des deutschen Trauerspiels.* Frankfurt a. M. 1963.

Bloch, Ernst: *Antike Philosophie. Leipziger Vorlesungen zur Geschichte der Philosophie.* Bd. I. Frankfurt a. M. 1985.

Braungart, Georg: *Hofberedsamkeit. Studien zu Praxis höfisch-politischer Rede im deutschen Territorialabsolutismus.* Tübingen 1988.

Bruni, Leonardo: *Humanistisch-philosophische Schriften mit einer Chronologie seiner Werke und Briefe.* Hans Baron(Hrsg.), Leipzig/Berlin 1928.

Capelle, Wilhelm(Hrsg.): *Die Vorsokratiker.* Stuttgart 1968.

Castiglione, Baldesar: *Das Buch vom Hofmann.* Übers. von Fritz Baumgart. Bremen 1960.

Cicero, Marcus Tullius: *Brutus.* Übers. von Julius Sommerbrodt. München o. J.

── *Der Render.* Übers. von Wilhelm Binder. München o. J.

── *Rhetorik oder von der rhetorischen Erfindungskunst.* Übers. von Wilhelm Binder. Stuttgart o. J.

── *Über den Redner.* Übers. von Harald Merklin. Stuttgart 1976.

Clark, Martin Lowther: *Die Rhetorik bei den Römern. Ein historischer Abriß.* Göttingen *1968.*

Diels, Hermann: *Die Fragmente der Vorsokratiker.* 6. verb. Aufl. W. Kranz (Hrsg.). Berlin 1951f.

Dockhorn, Klaus: *Macht und Wirkung der Rhetorik. Vier Aufsätze zur Ideengeschichte der Vormoderne.* Bad Homburg v. d. H. u. a. 1968.

Dolch, Josef: *Lehrplan des Abendlandes. Zweieinhalb Jahrtausemde seiner Geschichte.* Darmstadt 1982.

Erasmus von Rotterdam: *Die rechte imitatio.* In: Eugenio Garin: *Geschichte und Dokumente der abendländischen Pädagogik.* Reinbek bei Hamburg 1964. S. 256ff.

Freytag, Wiebke: *Allegorie, Allegorese.* In: *Historisches Wörterbuch der Rhetorik,* Bd. I, Tübingen 1992, S. 330-392.

Fuhrmann, Manfred: *Die Antike Rhetorik.* München 1984.

── *Rom in der Spätantike: Porträt einer Epoche.* München u. a. 1994.

Gadamer, Hans─Georg: *Rhetorik, Hermeneutik und Idelologiekritik. Metakritische Erörterungen zu Wahrheit und Methode.* In: K.─O. Apel, C. v. Bormann u. a. (Hrsg.) *Hermeneutik und Ideologiekritik.* Frankfurt 1971.

Garin, Eugenio: *Geschichte und Dokumente der abendländischen Pädagogik.* Reinbek bei Hamburg 1964.

Gomperz, Heinrich: *Sophistik und Rhetorik. Das Bildungsideal in seinem Verhältnis zur Philosophie des V. Jahrhunderts.* Leipzig u. a. 1964.

Gottsched, Johann Christoph: *Ausführliche Redekunst. Nach einer Anleitung der alten Griechen und Römer, wie auch der neueren Ausländer.* Hildesheim/New York 1973.

Grassi, Ernesto: *Die Theorie des Schönen in der Antike* Köln 1962.

── *Rhetorischer Humnismus: Die Liebe zum Wort, Philologie.* In: H. Schanze, J. Kopperschmidt(Hrsg.): *Rhetorik und Philosophie.* München 1989. S. 159-168.

Hegel, Georg Wilhelm Friedrich: *Vorlesungen über die Geschichte der Philosophie I.* In: *Werke in zwanzig Bänden.* Bd. 18. Frankfurt a. M. 1971.

Heuss, Alfred: *Hellas.* In: *Propyläen Weltgeschichte,* Bd. III, 1, Griechenland. Die hellenistische Welt. Frankfurt a. M. u. a. 1962, S. 69-400.

Homer: *Ilias.* Übers. von Johann Heinrich Voß. Berlin u. a. 1956.

Hommel, Hildebrecht: *Rhetorik.* In: *Lexikon der alten Welt.* Zürich u. a. 1965, S. 2611-2626.

Hugo von St. Viktor: *Didascalicon de studio legendi.* In: Garin, Eugenio: *Geschichte und Dokumente der abendländischen Pädagogik.* Reinbek bei Hamburg 1964, Bd. I, S. 164-210.

Jens, Walter: *Rhetorik.* In: *Reallexikon der deutschen Literaturgeschichte.* P. Merker, W. Stammler(Hrsg.), Bd. III. Berlin u. a. 1972, S. 432-456.

Krummacherm Hans-Heinrich: *Das barocke Epicedium. Rhetorische Tradition und deutsche Gelegenheitsdichtung im 17. Jahrhundert.* In: *Jahrbuch der deutschen Schillergesellschaft,* Bd. 18, 1974.

Martial: *Epigramme,* R. v. Helm(Hrsg.), Zürich 1957.

Martin, Alfred von: *Soziologie der Renaissance.* Stuttgart 1932.

Meyfarth, Johann Matthäus: *Teutsche Rhetorica oder Redekunst.* Erich Trunz (Hrsg.), Tübingen 1977.

Oesterreich, Peter L.: *Fundamentalrhetorik. Untersuchung zu Person und Rede in der Öffentlichkeit.* Hamburg 1990.

Paleotti, Gabriele: *Discorso intorno alle immagine sacre e profane, divisionli cinque libri.* In: P. Barocchi(Hrsg.): *Trattati d'Arte del Cinquencento.* Bari 1961, Bd. II, S. 117-509.

Platon: *Gorgias.* In: *Sämtliche Werke.* Übers. von F. Schleiermacher. Bd. 1, Hamburg 1957.

—— *Phaidros.* In: *Sämtliche Werke.* Übers. von F. Schleiermacher. Bd. 4, Hamburg 1957.

—— *Theaitet.* In: *Sämtliche Werke.* Übers. von F. Schleiermacher. Bd. 4, Hamburg 1957.

Plett, Heinrich F.: *Einführung in die rhetorische Textanalyse.* Hamburg 1979.

Pontano, Giovianni Gioviano: *Dialoge.* Übers. von Hermann Kiefer. München 1984.

Protagoras: *Fragment 3.* In: W. Capelle(Hrsg.): *Die Vorsokratiker.* Stuttgart 1968, S. 336.

Pseugo-Longinos: *Vom Erhabenen.* Übers. von Reinhard Brandt. Darmstadt 1966.

Ptassek, Peter: *Rhetorische Rationalität. Stationen einer Verdrängungsgeschichte von der Antike bis zur Neuzeit.* München 1993.

Quintilianus, Marcus Fabius: *Ausbildung des Redners.* Übers. von Helmut Rahn. 2 Bde. Darmstadt 1972 und 1975.

Rabe, Hugo: *Prolegomenon Sylloge.* Leipzig 1931.

Rahn, Helmut: *Bemerkungen zur philosophischen Rhetorik un der Antike.* In: H. Schanze, J. Kopperschmidt(Hrsg.): *Rhetorik und Philosophie.* München 1989. S. 15-22.

Rohr, Julius Bernhard von: *Einleitung zur Ceremoniel-Wissenschafft Der Privat-Personen.* Berlin 1730.

Schöpsdau, Klaus: *Antike Vorstellungen von der Geschichte der Griechischen Rhetorik.* Saarbrücken 1960.

Schottlaender, Rudolf: *Synopsis. Zu Grundbegriffen aus Philosophie, Politik und Literatur von der Antike bis zur Gegenwart.* Würzburg 1988.

Tzetzes, Johannes J.: *Historiarum variarum chiliades.* T. Kiessling(Hrsg.), Nachdr. Darmstadt 1963.

Ueding, Gert, B. Steinbrink: *Grundriß der Rhetorik.* 3. Aufl. Stuttgart 1994.

Ueding, Gert(Hrsg.): *Historisches Wörterbuch der Rhetorik.* Bd. 1f. 1992f.

Wiedemann, C.: *Johann Klay und seine Redeoratorien. Untersuchungen zur Dichtung eines deutschen Barokmanieristen.* Nürnberg 1966.

색 인

박성철(朴聖哲)
고려대학교 독어독문학과 졸업
고려대학교 대학원 졸업
독일 뮌스터대학교에서 철학 박사학위 받음
현재 고려대학교 독어독문학과 조교수
저서:《Kommunikative Indirektheit》
역서:《언어학 100문 100답》《프로이트》 등

현대신서
111

고전수사학

초판발행 : 2003년 3월 20일

지은이 : 게르트 위딩
옮긴이 : 朴聖哲
총편집 : 韓仁淑
펴낸곳 : 東文選

제10-64호, 78. 12. 16 등록
110-300 서울 종로구 관훈동 74
전화 : 737-2795

편집설계 : 李妊㼱

ISBN 89-8038-237-5 94800
ISBN 89-8038-050-X (현대신서)

【東文選 現代新書】

1 21세기를 위한 새로운 엘리트	FORESEEN 연구소 / 김경현	7,000원
2 의지, 의무, 자유 — 주제별 논술	L. 밀러 / 이대회	6,000원
3 사유의 패배	A. 핑켈크로트 / 주태환	7,000원
4 문학이론	J. 컬러 / 이은경 · 임옥희	7,000원
5 불교란 무엇인가	D. 키언 / 고길환	6,000원
6 유대교란 무엇인가	N. 솔로몬 / 최창모	6,000원
7 20세기 프랑스철학	E. 매슈스 / 김종갑	8,000원
8 싱의에 대한 강의	P. 부르디외 / 현택수	6,000원
9 텔레비전에 대하여	P. 부르디외 / 현택수	7,000원
10 고고학이란 무엇인가	P. 반 / 박범수	8,000원
11 우리는 무엇을 아는가	T. 나겔 / 오영미	5,000원
12 에쁘롱 — 니체의 문체들	J. 데리다 / 김다은	7,000원
13 히스테리 사례분석	S. 프로이트 / 태혜숙	7,000원
14 사랑의 지혜	A. 핑켈크로트 / 권유현	6,000원
15 일반미학	R. 카이유와 / 이경자	6,000원
16 본다는 것의 의미	J. 버거 / 박범수	10,000원
17 일본영화사	M. 테시에 / 최은미	7,000원
18 청소년을 위한 철학교실	A. 자카르 / 장혜영	7,000원
19 미술사학 입문	M. 포인턴 / 박범수	8,000원
20 클래식	M. 비어드 · J. 헨더슨 / 박범수	6,000원
21 정치란 무엇인가	K. 미노그 / 이정철	6,000원
22 이미지의 폭력	O. 몽젱 / 이은민	8,000원
23 청소년을 위한 경제학교실	J. C. 드루엥 / 조은미	6,000원
24 순진함의 유혹 〔메디시스賞 수상작〕 P. 브뤼크네르 / 김웅권		9,000원
25 청소년을 위한 이야기 경제학	A. 푸르상 / 이은민	8,000원
26 부르디외 사회학 입문	P. 보네위츠 / 문경자	7,000원
27 돈은 하늘에서 떨어지지 않는다	K. 아른트 / 유영미	6,000원
28 상상력의 세계사	R. 보이아 / 김웅권	9,000원
29 지식을 교환하는 새로운 기술	A. 벵토릴라 外 / 김혜경	6,000원
30 니체 읽기	R. 비어즈워스 / 김웅권	6,000원
31 노동, 교환, 기술 — 주제별 논술	B. 데코사 / 신은영	6,000원
32 미국만들기	R. 로티 / 임옥희	근간
33 연극의 이해	A. 쿠프리 / 장혜영	8,000원
34 라틴문학의 이해	J. 가야르 / 김교신	8,000원
35 여성적 가치의 선택	FORESEEN연구소 / 문신원	7,000원
36 동양과 서양 사이	L. 이리가라이 / 이은민	7,000원
37 영화와 문학	R. 리처드슨 / 이형식	8,000원
38 분류하기의 유혹 — 생각하기와 조직하기 G. 비뇨 / 임기대		7,000원
39 사실주의 문학의 이해	G. 라루 / 조성애	8,000원
40 윤리학 — 악에 대한 의식에 관하여 A. 바디우 / 이종영		7,000원
41 흙과 재 〔소설〕	A. 라히미 / 김주경	6,000원

42 진보의 미래	D. 르쿠르 / 김영선	6,000원
43 중세에 살기	J. 르 고프 外 / 최애리	8,000원
44 쾌락의 횡포·상	J. C. 기유보 / 김웅권	10,000원
45 쾌락의 횡포·하	J. C. 기유보 / 김웅권	10,000원
46 운디네와 지식의 불	B. 데스파냐 / 김웅권	8,000원
47 이성의 한가운데에서 — 이성과 신앙	A. 퀴노 / 최은영	6,000원
48 도덕적 명령	FORESEEN 연구소 / 우강택	6,000원
49 망각의 형태	M. 오제 / 김수경	6,000원
50 느리게 산다는 것의 의미·1	P. 쌍소 / 김주경	7,000원
51 나만의 자유를 찾아서	C. 토마스 / 문신원	6,000원
52 음악적 삶의 의미	M. 존스 / 송인영	근간
53 나의 철학 유언	J. 기통 / 권유현	8,000원
54 타르튀프 / 서민귀족 〔희곡〕	몰리에르 / 덕성여대극예술비교연구회	8,000원
55 판타지 공장	A. 플라워즈 / 박범수	10,000원
56 홍수·상 〔완역판〕	J. M. G. 르 클레지오 / 신미경	8,000원
57 홍수·하 〔완역판〕	J. M. G. 르 클레지오 / 신미경	8,000원
58 일신교 — 성경과 철학자들	E. 오르티그 / 전광호	6,000원
59 프랑스 시의 이해	A. 바이양 / 김다은·이혜지	8,000원
60 종교철학	J. P. 힉 / 김희수	10,000원
61 고요함의 폭력	V. 포레스테 / 박은영	8,000원
62 고대 그리스의 시민	C. 모세 / 김덕희	7,000원
63 미학개론 — 예술철학입문	A. 셰퍼드 / 유호전	10,000원
64 논증 — 담화에서 사고까지	G. 비뇨 / 임기대	6,000원
65 역사 — 성찰된 시간	F. 도스 / 김미겸	7,000원
66 비교문학개요	F. 클로동·K. 아다-보트링 / 김정란	8,000원
67 남성지배	P. 부르디외 / 김용숙·주경미	9,000원
68 호모사피엔스에서 인터렉티브인간으로	FORESEEN 연구소 / 공나리	8,000원
69 상투어 — 언어·담론·사회	R. 아모시·A. H. 피에로 / 조성애	9,000원
70 촛불의 미학	G. 바슐라르 / 이가림	근간
71 푸코 읽기	P. 빌루에 / 나길래	8,000원
72 문학논술	J. 파프·D. 로쉬 / 권종분	8,000원
73 한국전통예술개론	沈雨晟	10,000원
74 시학 — 문학 형식 일반론 입문	D. 퐁텐느 / 이용주	8,000원
75 진리의 길 위에서	A. 보다르 / 김승철·최정아	근간
76 동물성 — 인간의 위상에 관하여	D. 르스텔 / 김승철	6,000원
77 랑가쥬 이론 서설	L. 옐름슬레우 / 김용숙·김혜련	10,000원
78 잔혹성의 미학	F. 토넬리 / 박형섭	9,000원
79 문학 텍스트의 정신분석	M. J. 벨멩-노엘 / 심재중·최애영	9,000원
80 무관심의 절정	J. 보드리야르 / 이은민	8,000원
81 영원한 황홀	P. 브뤼크네르 / 김웅권	9,000원
82 노동의 종말에 반하여	D. 슈나페르 / 김교신	6,000원
83 프랑스영화사	J. -P. 장콜 / 김혜련	근간

30	조선창극사	鄭魯湜	7,000원
31	동양회화미학	崔炳植	18,000원
32	性과 결혼의 민족학	和田正平 / 沈雨晟	9,000원
33	農漁俗談辭典	宋在璇	12,000원
34	朝鮮의 鬼神	村山智順 / 金禧慶	12,000원
35	道敎와 中國文化	葛兆光 / 沈揆昊	15,000원
36	禪宗과 中國文化	葛兆光 / 鄭相泓·任炳權	8,000원
37	오페라의 역사	L. 오레이 / 류연희	절판
38	인도종교미술	A. 무케르지 / 崔炳植	14,000원
39	히두교의 그림언어	안넬리제 外 / 全在星	9,000원
40	중국고대사회	許進雄 / 洪 憙	30,000원
41	중국문화개론	李宗桂 / 李宰碩	23,000원
42	龍鳳文化源流	于大有 / 林東錫	25,000원
43	甲骨學通論	王宇信 / 李宰碩	근간
44	朝鮮巫俗考	李能和 / 李在崑	20,000원
45	미술과 페미니즘	N. 부루드 外 / 扈承喜	9,000원
46	아프리카미술	P. 윌레뜨 / 崔炳植	절판
47	美의 歷程	李澤厚 / 尹壽榮	22,000원
48	曼茶羅의 神들	立川武藏 / 金龜山	19,000원
49	朝鮮歲時記	洪錫謨 外/李錫浩	30,000원
50	하 상	蘇曉康 外 / 洪 憙	절판
51	武藝圖譜通志 實技解題	正 祖 / 沈雨晟·金光錫	15,000원
52	古文字學첫걸음	李學勤 / 河永三	14,000원
53	體育美學	胡小明 / 閔永淑	10,000원
54	아시아 美術의 再發見	崔炳植	9,000원
55	曆과 占의 科學	永田久 / 沈雨晟	8,000원
56	中國小學史	胡奇光 / 李宰碩	20,000원
57	中國甲骨學史	吳浩坤 外 / 梁東淑	35,000원
58	꿈의 철학	劉文英 / 河永三	22,000원
59	女神들의 인도	立川武藏 / 金龜山	19,000원
60	性의 역사	J. L. 플랑드렝 / 편집부	18,000원
61	쉬르섹슈얼리티	W. 챠드윅 / 편집부	10,000원
62	여성속담사전	宋在璇	18,000원
63	박재서희곡선	朴栽緒	10,000원
64	東北民族源流	孫進己 / 林東錫	13,000원
65	朝鮮巫俗의 硏究(상·하)	赤松智城·秋葉隆 / 沈雨晟	28,000원
66	中國文學 속의 孤獨感	斯波六郎 / 尹壽榮	8,000원
67	한국사회주의 연극운동사	李康列	8,000원
68	스포츠인류학	K. 블랑챠드 外 / 박기동 外	12,000원
69	리조복식도감	리팔찬	절판
70	娼 婦	A. 꼬르벵 / 李宗旼	22,000원
71	조선민요연구	高晶玉	30,000원

72 楚文化史	張正明 / 南宗鎭	26,000원
73 시간, 욕망, 그리고 공포	A. 코르뱅 / 변기찬	18,000원
74 本國劍	金光錫	40,000원
75 노트와 반노트	E. 이오네스코 / 박형섭	절판
76 朝鮮美術史硏究	尹喜淳	7,000원
77 拳法要訣	金光錫	30,000원
78 艸衣選集	艸衣意恂 / 林鍾旭	20,000원
79 漢語音韻學講義	董少文 / 林東錫	10,000원
80 이오네스코 연극미학	C. 위베르 / 박형섭	9,000원
81 중국문자훈고학사전	全廣鎭 편역	23,000원
82 상말속담사전	宋在璇	10,000원
83 書法論叢	沈尹默 / 郭魯鳳	8,000원
84 침실의 문화사	P. 디비 / 편집부	9,000원
85 禮의 精神	柳肅 / 洪熹	20,000원
86 조선공예개관	沈雨晟 편역	30,000원
87 性愛의 社會史	J. 솔레 / 李宗旼	18,000원
88 러시아미술사	A. I 조토프 / 이건수	22,000원
89 中國書藝論文選	郭魯鳳 選譯	25,000원
90 朝鮮美術史	關野貞 / 沈雨晟	근간
91 美術版 탄트라	P. 로슨 / 편집부	8,000원
92 군달리니	A. 무케르지 / 편집부	9,000원
93 카마수트라	바짜야나 / 鄭泰爀	10,000원
94 중국언어학총론	J. 노먼 / 全廣鎭	18,000원
95 運氣學說	任應秋 / 李宰碩	8,000원
96 동물속담사전	宋在璇	20,000원
97 자본주의의 아비투스	P. 부르디외 / 최종철	10,000원
98 宗敎學入門	F. 막스 뮐러 / 金龜山	10,000원
99 변 화	P. 바츨라빅크 外 / 박인철	10,000원
100 우리나라 민속놀이	沈雨晟	15,000원
101 歌訣(중국역대명언경구집)	李宰碩 편역	20,000원
102 아니마와 아니무스	A. 융 / 박해순	8,000원
103 나, 너, 우리	L. 이리가라이 / 박정오	12,000원
104 베케트연극론	M. 푸크레 / 박형섭	8,000원
105 포르노그래피	A. 드워킨 / 유혜련	12,000원
106 셸 링	M. 하이데거 / 최상욱	12,000원
107 프랑수아 비용	宋勉	18,000원
108 중국서예 80제	郭魯鳳 편역	16,000원
109 性과 미디어	W. B. 키 / 박해순	12,000원
110 中國正史朝鮮列國傳(전2권)	金聲九 편역	120,000원
111 질병의 기원	T. 매큐언 / 서 일 · 박종연	12,000원
112 과학과 젠더	E. F. 켈러 / 민경숙 · 이현주	10,000원
113 물질문명 · 경제 · 자본주의	F. 브로델 / 이문숙 外	절판

114	이탈리아인 태고의 지혜	G. 비코 / 李源斗	8,000원
115	中國武俠史	陳 山 / 姜鳳求	18,000원
116	공포의 권력	J. 크리스테바 / 서민원	23,000원
117	주색잡기속담사전	宋在璇	15,000원
118	죽음 앞에 선 인간(상·하)	P. 아리에스 / 劉仙子	각권 8,000원
119	철학에 대하여	L. 알튀세르 / 서관모·백승욱	12,000원
120	다른 곳	J. 데리다 / 김다은·이혜지	10,000원
121	문학비평방법론	D. 베르제 外 / 민혜숙	12,000원
122	자기의 테크놀로지	M. 푸코 / 이희원	16,000원
123	새로운 학문	G. 비코 / 李源斗	22,000원
124	천재와 광기	P. 브르노 / 김웅권	13,000원
125	중국은사문화	馬 華·陳正宏 / 강경범·천현경	12,000원
126	푸코와 페미니즘	C. 라마자노글루 外 / 최 영 外	16,000원
127	역사주의	P. 해밀턴 / 임옥희	12,000원
128	中國書藝美學	宋 民 / 郭魯鳳	16,000원
129	죽음의 역사	P. 아리에스 / 이종민	18,000원
130	돈속담사전	宋在璇 편	15,000원
131	동양극장과 연극인들	김영무	15,000원
132	生育神과 性巫術	宋兆麟 / 洪 熹	20,000원
133	미학의 핵심	M. M. 이턴 / 유호전	14,000원
134	전사와 농민	J. 뒤비 / 최생열	18,000원
135	여성의 상태	N. 에니크 / 서민원	22,000원
136	중세의 지식인들	J. 르 고프 / 최애리	18,000원
137	구조주의의 역사(전4권)	F. 도스 / 김웅권 外 I·II·IV 15,000원 / III	18,000원
138	글쓰기의 문제해결전략	L. 플라워 / 원진숙·황정현	20,000원
139	음식속담사전	宋在璇 편	16,000원
140	고전수필개론	權 瑚	16,000원
141	예술의 규칙	P. 부르디외 / 하태환	23,000원
142	"사회를 보호해야 한다"	M. 푸코 / 박정자	20,000원
143	페미니즘사전	L. 터틀 / 호승희·유혜련	26,000원
144	여성심벌사전	B. G. 워커 / 정소영	근간
145	모데르니테 모데르니테	H. 메쇼닉 / 김다은	20,000원
146	눈물의 역사	A. 벵상뷔포 / 이자경	18,000원
147	모더니티입문	H. 르페브르 / 이종민	24,000원
148	재생산	P. 부르디외 / 이상호	18,000원
149	종교철학의 핵심	W. J. 웨인라이트 / 김희수	18,000원
150	기호와 몽상	A. 시몽 / 박형섭	22,000원
151	융분석비평사전	A. 새뮤얼 外 / 민혜숙	16,000원
152	운보 김기창 예술론연구	최병식	14,000원
153	시적 언어의 혁명	J. 크리스테바 / 김인환	20,000원
154	예술의 위기	Y. 미쇼 / 하태환	15,000원
155	프랑스사회사	G. 뒤프 / 박 단	16,000원

156 중국문예심리학사	劉偉林 / 沈揆昊	30,000원
157 무지카 프라티카	M. 캐넌 / 김혜중	25,000원
158 불교산책	鄭泰爀	20,000원
159 인간과 죽음	E. 모랭 / 김명숙	23,000원
160 地中海(전5권)	F. 브로델 / 李宗旼	근간
161 漢語文字學史	黃德實 · 陳秉新 / 河永三	24,000원
162 글쓰기와 차이	J. 데리다 / 남수인	28,000원
163 朝鮮神事誌	李能和 / 李在崑	근간
164 영국제국주의	S. C. 스미스 / 이태숙 · 김종원	16,000원
165 영화서술학	A. 고드로 · F. 조스트 / 송지연	17,000원
166 美學辭典	사사키 겡이치 / 민주식	22,000원
167 하나이지 않은 성	L. 이리가라이 / 이은민	18,000원
168 中國歷代書論	郭魯鳳 譯註	25,000원
169 요가수트라	鄭泰爀	15,000원
170 비정상인들	M. 푸코 / 박정자	25,000원
171 미친 진실	J. 크리스테바 外 / 서민원	25,000원
172 디스탱숑(상 · 하)	P. 부르디외 / 이종민	근간
173 세계의 비참(전3권)	P. 부르디외 外 / 김주경	각권 26,000원
174 수묵의 사상과 역사	崔炳植	근간
175 파스칼적 명상	P. 부르디외 / 김웅권	22,000원
176 지방의 계몽주의	D. 로슈 / 주명철	30,000원
177 이혼의 역사	R. 필립스 / 박범수	25,000원
178 사랑의 단상	R. 바르트 / 김희영	근간
179 中國書藝理論體系	熊秉明 / 郭魯鳳	23,000원
180 미술시장과 경영	崔炳植	16,000원
181 카프카 — 소수적인 문학을 위하여	G. 들뢰즈 · F. 가타리 / 이진경	13,000원
182 이미지의 힘 — 영상과 섹슈얼리티	A. 쿤 / 이형식	13,000원
183 공간의 시학	G. 바슐라르 / 곽광수	근간
184 랑데부 — 이미지와의 만남	J. 버거 / 임옥희 · 이은경	18,000원
185 푸코와 문학 — 글쓰기의 계보학을 향하여	S. 듀링 / 오경심 · 홍유미	근간
186 각색, 연극에서 영화로	A. 엘보 / 이선형	16,000원
187 폭력과 여성들	C. 도펭 外 / 이은민	18,000원
188 하드 바디 — 할리우드 영화에 나타난 남성성	S. 제퍼드 / 이형식	18,000원
189 영화의 환상성	J. -L. 뢰트라 / 김경온 · 오일환	18,000원
190 번역과 제국	D. 로빈슨 / 정혜욱	16,000원
191 그라마톨로지에 대하여	J. 데리다 / 김웅권	근간
192 보건 유토피아	R. 브로만 外 / 서민원	근간
193 현대의 신화	R. 바르트 / 이화여대기호학연구소	20,000원
194 중국회화백문백답	郭魯鳳	근간
195 고서화감정개론	徐邦達 / 郭魯鳳	근간
196 상상의 박물관	A. 말로 / 김웅권	근간
197 부빈의 일요일	J. 뒤비 / 최생열	22,000원

【기 타】

■ 딸에게 들려 주는 작은 지혜	N. 레흐레이트너 / 양영란	6,500원
■ 노력을 대신하는 것은 없다	R. 쉬이 / 유혜련	5,000원
■ 노블레스 오블리주	현택수 사회비평집	7,500원
■ 미래를 원한다	J. D. 로스네 / 문 선·김덕희	8,500원
■ 사랑의 존재	한용운	3,000원
■ 산이 높으면 마땅히 우러러볼 일이다	유 향 / 임동석	5,000원
■ 서기 1000년과 서기 2000년 그 두려움의 흔적들	J. 뒤비 / 양영란	8,000원
■ 서비스는 유행을 타지 않는다	B. 바게트 / 정소영	5,000원
■ 선종이야기	홍 희 편저	8,000원
■ 섬으로 흐르는 역사	김영희	10,000원
■ 세계사상	창간호~3호: 각권 10,000원 / 4호: 14,000원	
■ 십이속상도안집	편집부	8,000원
■ 어린이 수묵화의 첫걸음(전6권)	趙 陽 / 편집부	각권 5,000원
■ 오늘 다 못다한 말은	이외수 편	7,000원
■ 오블라디 오블라다, 인생은 브래지어 위를 흐른다	무라카미 하루키 / 김난주	7,000원
■ 인생은 앞유리를 통해서 보라	B. 바게트 / 박해순	5,000원
■ 잠수복과 나비	J. D. 보비 / 양영란	6,000원
■ 천연기념물이 된 바보	최병식	7,800원
■ 原本 武藝圖譜通志	正祖 命撰	60,000원
■ 隸字編	洪鈞陶	40,000원
■ 테오의 여행 (전5권)	C. 클레망 / 양영란	각권 6,000원
■ 한글 설원 (상·중·하)	임동석 옮김	각권 7,000원
■ 한글 안자춘추	임동석 옮김	8,000원
■ 한글 수신기 (상·하)	임동석 옮김	각권 8,000원

東文選 現代新書 74

시 학 — 문학 형식 일반론 입문

다비드 퐁텐

이용주 옮김

이론 교과로서 시학은 모든 예술 사이에, 아름다움에 대한 학문으로 정의된 미학과 다양한 현존 언어들 사이에, 인간 언어에 대한 과학적 연구로 이해되는 언어학의 중간에 위치한다. 시학은 언어로 된 메시지의 미학적 측면, 즉 순간적인 다량의 의사 소통에서 전달된 정보 이후에 바로 사라지지 않고 수신자에게 메시지를 감지하게 만드는 것에 중점을 둔다.

2천5백 년 전 아리스토텔레스가 기초를 마련한 시학은 현대에 와서 문학의 특성, 즉 '문학성'에 대한 폭넓은 연구로 바뀌었다. 평가하고 해석하는 비평과 달리 시학은 언어 예술, 언어의 내적 규칙, 언어 기법, 언어 형식을 객관적으로 기술하고자 한다. 이 연구서는 먼저 역사적인 흐름에 따라 요약하고, 서술학, 픽션의 세계, 시적 언어, 의미화 과정, 문학 장르의 까다롭고 아주 흥미로운 문제까지 포함한 근대 문학 이론의 다양한 영역을 통해 심오하고 점진적인 과정을 제시한다.

저자 다비드 퐁텐 교수는 고등사범학교를 졸업하였으며, 철학 교수 자격 소지자이다.

東文選 現代新書 96

근원적 열정

뤼스 이리가라이

박정오 옮김

　뤼스 이리가라이의 《근원적 열정》은 여성이 남성 연인을 향한 열정을 노래하는 독백 형식의 산문시로 이루어져 있다. 이 글에서는 여성이 담화의 주체로 등장하지만, 남성 중심으로 이루어진 현존하는 언어의 상징 체계와 사회 구조 안에서 여성의 열정과 그 표현은 용이하지도 자유로울 수도 없다.

　따라서 이리가라이는 연애 편지 형식을 빌려 와, 그 안에 달콤한 사랑 노래 대신 가부장제 안에서 남녀간의 진정한 결합이 왜 가능할 수 없는지를 역설적으로 보여 주려 애쓴다. 연애 편지 형식의 패러디는 기존의 남녀 관계에 의문을 제기하고 교란시키는 적절한 하나의 전략이 되고 있는 것이다.

　서구의 도덕적 코드가 성경 위에 세워지고, 신학이 확립되면서 여신 숭배와 주술은 주변으로 밀려났다. 이리가라이는 그 뒤 남성신이 홀로 그의 말과 의지대로 우주를 창조하고, 그의 아들에게 자연과 모든 피조물을 통치하게 하는 사고 체계가 형성되면서 여성성은 억압되었다고 지적한다. 또한 그녀는 남성신에서 출발한 부자 관계의 혈통처럼, 신성한 여신에게서 정체성을 발견하고 면면히 이어지는 모녀 관계의 확립이 비로소 동등한 남녀간의 사랑과 결합을 가능케 해준다고 주장한다.

　이리가라이는 정신과 육체의 이분법적인 서구 철학의 분류에서 항상 하위 개념인 몸이나 촉각이 여성적인 것과 연관되어 있다는 점을 인식하고 타자로 밀려난 몸에 일찍부터 주목해 왔다. 따라서 《근원적 열정》은 여성 문화를 확립하는 일환으로 여성의 몸이 부르는 새로운 노래를 찾아나선 여정이자, 여성적 글쓰기의 실천 공간인 것이다.

東文選 現代新書 97

라캉, 주체 개념의 형성

베르트랑 오질비
김 석 옮김

　정신과 의사였던 라캉은 자주 프로이트의 독자이자 계승자로서 소개된다. 철학적 논쟁보다는 과학적 작업에 더 가까운 사유를 하면서, 그는 하나의 이론적이고 실천적인 성과 위에서 출발하였고, 정신분석학의 창시자 프로이트의 작업을 따르면서도 자신의 발견에 의거해 개념들을 변환하고 수정하면서, 그 성과를 좀더 멀리 끌고 나갔던 것으로 여겨지기도 한다.

　이 책은 라캉의 사상적 출발점과, 그의 정신분석 이론을 관통하고 있는 핵심 주제의 생성 과정을 철학적 맥락과 연결시켜 꼼꼼하게 분석하고 있다. 책의 제목이 암시하듯 주체 개념의 형성이 그것으로 우리는 저자와 함께 좀더 쉽게 청년 라캉이 자신만의 지적 문제 제기를 탐색하고 발전시켜 나가는 과정을 살펴볼 수 있다. 흔히 라캉을 프로이트의 창조적 계승자나 독특한 관점으로 정신분석학을 개조하여 다른 인문학에 활용될 수 있는 토대를 마련해 준 인물 정도로 틀을 지우기도 한다.

　본서는 라캉이 자신의 고유한 문제 제기를 출발시킨 이론적 지평과 사상사적 위치를 인격 개념을 중심으로 정신병의 구조를 분석한 그의 박사 논문에 초점을 두어 살펴보고 있다. 유명한 후기의 주체 구조 이론인 실재계·상징계·상상계나 은유와 환유 같은 언어학적 차원에서 분석된 무의식에 대한 논의는 없지만, 저자 자신이 서문에서 밝힌 대로 초기의 작품은 후기 작품의 열쇠로 난해한 라캉 이론을 일관된 맥락에서 읽을 수 있는 길잡이로서 의미가 있다 하겠다.

東文選 現代新書 100

철학적 기본 개념

라파엘 페르버

조국현 옮김

우리는 모두 철학을 가지고 있다. 철학의 싹이 우리 속에 있기 때문에 우리는 철학을 할 수 있다. 물론 보편 정신의 철학은 발전되지 못했을 뿐만 아니라 때때로 잘못되어 있다. 이러한 사실을 놓고 볼 때 철학 외적인 입장이 아닌 철학적 입장에서 철학을 교정할 수 있다는 점이 중요하다. 우리는 철학을 밖에서 바라보기 위해 철학 밖으로 나갈 수 없다. 마찬가지로 우리 일상철학의 옳고 그름을 판단할 수 있는 척도를 제시할 특정한 관점을 얻으려고 철학 밖으로 나갈 수도 없다. 보편 정신은 오히려 스스로 이러한 척도를 세워야 하며, 자가 교정을 위한 요소들을 자신으로부터 찾아내야 한다. 여기에 딱 들어맞는 말이 있다. 언어에 대해서 말하기 위한 언어 밖의 관점이 존재하지 않는 것처럼 철학에 대해서 철학하기 위한 철학 밖의 관점이 존재하지 않는다. 철학 밖에 철학적 입장이 존재하지 않는다는 점에서 철학하기의 필연성이 도출된다. 아리스토텔레스는 다음과 같은 딜레마를 통해 철학하기의 필연성을 역설한다. 철학을 할 필요가 없다는 것을 증명하려면 철학을 해야 한다. 따라서 인간은 어떤 경우에도 철학을 해야 한다.

이 책은 철학을 공부하는 학생과 철학에 흥미를 느끼는 일반인을 위한 작은 사고력 훈련 학교이다. 저자는 철학적 기본 개념인 '철학' '언어' '인식' '진리' '존재' 그리고 '선'의 세계로 독자를 안내한다. 저자는 철학의 내용·방법 그리고 철학적 요구의 문제에 대해서 알기 쉬우면서도 수준 높게 접근한다. 이 책은 철학 입문서이며, 동시에 새로운 관점에서 플라톤 철학과 분석 철학을 결합시키려고 시도하는 저자의 체계적인 사고 과정을 보여 준다.

東文選 現代新書 109

도덕에 관한 에세이

크리스티앙 로슈 外

고수현 옮김

　전쟁, 학살, 시체더미들, 멈출 줄 모르는 인간 사냥, 이보다 더 끔찍한 것은 살인자들이 살인을 자행하면서 느끼는 불온한 쾌감, 희생자가 겪는 고통 앞에서 느끼는 황홀감이다. 인간은 처벌의 공포만 사라지면 악행에서 쾌락을 얻는다.

　공민 교육이라는 구실하에 학교에서 도덕을 가르치는 것에 대해 찬성해야 할까, 반대해야 할까?

　도덕은 가르칠 수 있는 것일까? 도덕은 무엇을 근거로 세워진 것인가? 도덕의 가치를 어떻게 정의내릴 수 있을까?

　세계화라는 강요된 대세에 눌린 우리 시대, 냉혹한 자유 경제 논리에 가정이 짓밟히는 듯한 느낌이 점점 고조되는 이때에 다시금 도덕적 데카당스를 비난하는 목소리가 높아지고 있다. 물론 여기에는 파시스트적인 질서를 바라는 의심스러운 분노도 뒤섞여 있다. 또한 다른 사람들에 대한 온화한 존경심에서 우러나온 예의 범절이라는 규범적인 이상을 꿈꾸면서 금기와 도덕 규범으로 되돌아갈 것을 요구하는 사람도 있고, 교훈적인 도덕의 이름을 내세우며 강경한 억압책에 호소하는 사람들도 있다.

　하지만 어떻게 억지로, 혹은 도덕 강의로 도덕적 위기에 의해 붕괴되어 가는 가정 속에서 잘못된 삶을 사는 청소년들을 '일으켜 세울' 수 있다고 생각할 수 있는가? 도덕이라는 현대적 변명은 그 되풀이되는 시도 및 협정과 더불어, 단순히 담론적인 덕을 통해 사회 문제를 해결하지 못하는 모종의 무능력함을 몰아내고자 하는 것은 아닐까?

東文選 現代新書 129

번영의 비참
— 종교화한 시장 경제와 그 적들

파스칼 브뤼크네르 / 이창실 옮김

'2002 프랑스 BOOK OF ECONOMY賞' 수상
'2002 유러피언 BOOK OF ECONOMY賞' 특별수훈

번영의 한가운데서 더 큰 비참이 확산되고 있다면 세계화의 혜택은 무엇이란 말인가?

모든 종교와 이데올로기가 붕괴되는 와중에 그래도 버티는 게 있다면 그건 경제다. 경제는 이제 무미건조한 과학이나 이성의 냉철한 활동이기를 그치고, 발전된 세계의 마지막 영성이 되었다. 이 준엄한 종교성은 이렇다 할 고양된 감정은 없어도 제의(祭儀)에 가까운 열정을 과시한다.

이 신화로부터 새로운 반체제 운동들이 사람들의 마음을 사로잡는다. 시장의 불공평을 비난하는 이 운동들은 지상의 모든 혼란의 원인이 시장에 있다고 본다. 그러나 실상은 그렇게 하면서 시장을 계속 역사의 원동력으로 삼게 된다. 신자유주의자들이나 이들을 비방하는 자들 모두가 같은 신앙으로 결속되어 있는 만큼 그들은 한통속이라 할 수 있다.

그렇다면 우리가 벗어나야 하는 것은 자본주의가 아니라 경제만능주의이다. 사회 전체를 지배하려 드는 경제의 원칙, 우리를 근면한 햄스터로 실추시켜 단순히 생산자·소비자 혹은 주주라는 역할에 가두어두는 이 원칙을 너나없이 떠받드는 상황에서 벗어나야 한다. 일체의 시장 경제 행위를 원위치에 되돌려 놓고 시장 경제가 아닌 자리를 되찾아야 한다. 이것은 우리 삶의 의미와도 직결되는 문제이기 때문이다.

파스칼 브뤼크네르: 1948년생으로 오늘날 프랑스에서 가장 영향력 있는 에세이스트이자 소설가이기도 하다. 그는 매 2년마다 소설과 에세이를 번갈아 가며 발표하고 있다. 주요 저서로는 《순진함의 유혹》(1995 메디치상), 《아름다움을 훔친 자들》(1997 르노도상), 《영원한 황홀》 등이 있으며, 1999년에는 프랑스에서 가장 많이 팔린 작가로 뽑히기도 하였다.

東文選 現代新書 116

공포의 권력

줄리아 크리스테바

서민원 옮김

　이 책은 크리스테바가 셀린의 전기적·정치문학적인 경험을 대상으로 한 텍스트를 구상하면서 쓴 책이다. 셀린을 연구하면서, 크리스테바는 셀린이 개인적으로는 질병과 육체의 붕괴나 윤리·도덕의 피폐, 사회적으로는 가족과 집단 공동체의 붕괴 및 제1·2차 세계대전 등이 그에게 편집증적으로 집중되는 주제인 것에 관심을 가지고, 그 지긋지긋한 상태에 대한 접근 방법으로 아브젝시옹을 선택한다.

　이 책의 제Ⅰ장은 아브젝시옹에 대한 현상학적 접근 방법으로 이루어져 있다. 제Ⅱ장은 크리스테바가 직접 몸담고 있는 정신분석학적인 접근 방법으로서, 공포증과 경계례의 구조에 의거하여 아브젝시옹의 개념을 명확히 하려는 시도로 이루어져 있다. 제Ⅲ장은 오래 전부터 인간의 의식(儀式)들 속에서 행해지는 정화 행위의 본질이란, 아브젝시옹을 통한 의식이라는 사실에 초점이 맞추어져 있다. 제Ⅳ장과 제Ⅴ장 역시 동서고금을 통해 모든 종교가 억압하려는 아브젝시옹이야말로 종교의 다른 한 면이자 종교 자체를 존재케 하는 힘이라는 사실을 강조한다. 제Ⅵ장에서부터는 셀린의 정치 팜플렛을 중심으로 한 정치·전기·문학상의 경험을 형상화한다.

　이 책은 지식의 전달만을 그 목적으로 하지 않는다. 셀린이라는 한 작가의 문학적 경험을 통해, 그다지 중요해 보이지 않는 아브젝시옹이라는 주제에 크리스테바가 그토록 심혈을 기울인 뒤안에는 나름의 이유가 있다. 그 비참과 욕지기나는 더러움이 불러일으키는 통쾌함, 정화 작용의 의미를 되새기면서 현대를 살아가는 우리가 발견해야 할 것들을 가르쳐 주는 것이다.

東文選 文藝新書 127

역사주의

P. 해밀턴

임옥희 옮김

　역사주의란 고대 그리스로부터 현대에 이르기까지 어떤 형태로든 존재해 왔던 비판운동이다. 하지만 역사주의가 정확히 의미하는 것은 무엇인가? 이 명료한 저서에서 폴 해밀턴은 역사·용어·역사주의의 용도를 학습하는 데 본질적인 열쇠를 제공한다.

　해밀턴은 과거와 현재에 있어서 역사주의에 주요한 사상가를 논의한다. 그는 독자들에게 역사주의와 관련된 단어를 직설적이고도 분명하게 제공한다. 역사주의와 신역사주의의 차이가 설명되고 있으며, 페미니즘과 탈식민주의와 같은 당대 논쟁과 그것을 연결시키고 있다.

　《역사주의》는 문학 이론이라는 때로는 당혹스러운 분야에 익숙하지 않은 학생들이 반드시 읽어야 한다. 이 책은 이상적인 입문 지침서이며, 더 많은 학문을 위한 귀중한 기초이다.

　《역사주의》는 독자들에게 필요한 지식과 배경과 이 분야의 연구에 적용할 수 있는 어휘를 제공함으로써 이 분야에 반드시 필요한 입문서이다. 폴 해밀턴은 촘촘하고 포괄적으로 다음을 안내하고 있다.

· 역사주의의 이론과 토대를 설명한다.
· 용어와 그것의 용도의 내력을 제시한다.
· 독자들에게 고대 그리스로부터 현대에 이르기까지 이 분야에서 핵심적인 사상가들을 소개한다.
· 당대 논쟁 가운데서 역사주의를 고려하면서도 페미니즘과 탈식민주의 같은 다른 비판 양식과 이 분야의 관련성을 다루고 있다.
· 더 읽을거리를 제공하는 참고문헌을 포함하고 있다.

東文選 文藝新書 153

시적 언어의 혁명

줄리아 크리스테바

김인환 옮김

  미셸 푸코는 《말과 사물》에서 19세기 이후 문학은 언어를 자기 존재 안에서 조명하기 시작하였고, 그런 맥락에서 횔덜린·말라르메·로트레아몽·아르토 등은 시를 자율적 존재로 확립히면서 일종의 '반담론'을 형성하였다고 지적한다. 그러한 작가들의 시적 언어는 통상적인 언어 표상이나 기호화의 기능을 초월하기 때문에 다각적이고 종합적인 연구를 필요로 한다. 본서는 바로 그러한 연구를 구체적으로 보여 주는 시도이다.

  20세기 후반의 인문과학 분야를 대표하는 저작 중의 하나로 꼽히는 《시적 언어의 혁명》은 크게 시적 언어에 대한 일반적인 특징을 종합한 제1부, 말라르메와 로트레아몽의 텍스트를 분석한 제2부, 그리고 그 두 시인의 작품을 국가·사회·가족과의 관계를 토대로 연구한 제3부로 구성된다. 이번에 번역 소개된 부분은 이론적인 연구가 망라된 제1부이다. 제1부 〈이론적 전제〉에서 저자는 형상학·해석학·정신분석학·인류학·언어학·기호학 등 현대의 주요 학문 분야의 성과를 수렴하면서 폭넓은 지식과 통찰력을 바탕으로 시적 언어의 특성을 다각적으로 조명 분석하고 있다.

  크리스테바는 텍스트의 언어를 쌩볼릭과 세미오틱 두 가지 층위로 구분하고, 쌩볼릭은 일상적인 구성 언어로, 세미오틱은 원초적이고 본능적인 언어라고 규정한다. 그리하여 시적 언어로 된 텍스트의 최종적인 의미는 그 두 가지 언어 층위의 상호 작용에 의해서 결정된다고 본다. 그리고 시적 언어는 표면적으로 보기에 사회적 격동과 관계가 별로 없어 보이지만, 실상은 사회와 시대 위에 군림하는 논리와 이데올로기를 파괴하는 힘이 있다는 것을 말라르메와 로트레아몽의 《말도로르의 노래》에 대한 연구를 통하여 증명한다.

東文選 文藝新書 162

글쓰기와 차이

자크 데리다

남수인 옮김

　해체론은 데리다식의 '읽기'와 '글쓰기' 형식이다. 데리다는 '해체들'이라고 복수형으로 쓰기를 더 좋아하면서 해체가 '기획' '방법론' '시스템'으로, 특히 '철학적 체계'로 이해되는 것을 거부한다. 왜 해체인가? 비평의 관념에는 미리 전제되고 설정된 미학적 혹은 문학적 가치 평가에 의거한 비판이라는 부정적인 이미지, 부정성이 필연적으로 내포되어 있는 바, 이러한 부정적인 기반을 넘어서는 讀法을 도입하기 위해서이다. 이 독법, 그것이 해체이다. 해체는 파괴가 아니다. 비하시키고 부정하고 넘어서는 것, '비평의 비평'을 하는 것이 아니다. 해체는 "다른 시발점, 요컨대 판단의 계보·의지·의식 또는 활동, 이원적 구조 등에서 출발하여 다른 가능성을 생각해 보는 것," 사유의 공간에 변형을 줌으로써 긍정이 드러나게 하는 읽기라고 데리다는 설명한다.

　《글쓰기와 차이》는 이러한 해체적 읽기의 전형을 보여 준다. 이 책은 1959-1966년 사이에 다양한 분야, 요컨대 문학 비평·철학·정신분석·인류학·문학을 대상으로 씌어진 에세이들을 수록하고 있다. 이 책은 루세의 구조주의에 대한 '비평'에서 시작하여, 루세가 탁월하지만 전제된 '도식'에 의한 읽기에 의해 자기 모순이 포함될 수밖에 없음을 지적함으로써 자신의 읽기가 체계적 읽기, 전제에 의거한 읽기, 전형(문법)을 찾는 구조주의적 읽기와 다름을 시사한다. 그것은 "텍스트의 표식, 흔적 또는 미결정 특성과, 텍스트의 여백·한계 또는 체제, 그리고 텍스트의 자체 한계선 결정이나 자체 경계선 결정과의 연관에서 텍스트를 텍스트로 읽는" 독법이 될 것이다. 이러한 독법을 통해 후설의 현상학을 바탕으로, 데리다는 어떻게 로고스 중심주의가 텍스트의 방향을 유도하고 결정하고 있는지 보여 주는 한편, 사유의 새로운 지평을 열어 보고자, 중요하지 않은 것으로 간주되어 경시되거나 방치된 문제들을 발견하고 있다.

東文選 文藝新書 175

파스칼적 명상

피에르 부르디외

김웅권 옮김

  어느 정도 성취를 이룬 인간은 인간에 대한 관념을 내놓아야 한다. 《파스칼적 명상》이라는 제목이 암시해 주듯이, 본서는 기독교 옹호론자가 아닌 실존철학자로서이 파스칼의 심원한 사유 영역으로부터 출발해 인간과 세계에 대한 새로운 통찰을 제시하고 있다. 본서의 입장에서 볼 때 파스칼의 사상에서 중요한 것은, 인간 사유의 선험적 토대를 전제하지 않고 인간 정신의 모든 결정물들을 이것들을 낳은 실존적 조건들로 되돌려 놓고 있다는 것이다.

  사실 사유에 대한 가장 근원적인 문제 제기들은 세계와 실제에 대해 거리를 두고 있는 상태에 대한 문제 제기에서 출발한다. 우리는 이러한 방법적 비판을 파스칼 속에서 이루어 낼 수 있다. 왜냐하면 그의 인류학적 고찰은 학구적 시선이 무시할 수밖에 없는 인간 존재의 특징들로 향하고 있기 때문이다. 그리고 또 하나의 이유는 그가 인간학이 스스로의 해방을 이룩하기 위해 수행해야 하는 상징적 슬로건을 제공하기 때문이다. 이 슬로건은 "진정한 철학은 철학을 조롱한다"이다.

  이 책은 실제의 세계와 단절된 고독한 상아탑 속에 갇힌 철학자들이 추상적인 사유를 통해 주조해 낸 전통적 인간상을 송두리째 뒤흔들고 있다. 부르디외는 사회학자로서 기존 철학에 정면으로 도전하면서, 인간 존재의 실존적 접근을 새로운 각도에서 모색함으로써 전혀 다른 존재의 모습을 제시하고 있다. 그것은 사르트르류의 실존적 인간과는 또 다른 인간의 이미지이다. 그것은 관념적 유희로부터 비롯된 당위적이거나 이상적 이미지, 즉 허구가 아니라 삶의 현장 속에 살아 움직이는 실천적 이미지인 것이다.

東文選 文藝新書 211

토탈 스크린

장 보드리야르
배영달 옮김

　우리 사회의 현상들을 날카로운 혜안으로 분석하는 보드리야르의 《토탈 스크린》은 최근 자신의 고유한 분석 대상이 된 가상(현실)·정보·테크놀러지·텔레비전에서 정치적 문제·폭력·테러리즘·인간 복제에 이르기까지 현대성의 다양한 특성들을 보여 준다. 특히 이 책에서 보드리야르는 오늘날 우리를 매혹하는 형태들인 폭력·테러리즘·정보 바이러스와 관련하여 기호와 이미지의 불가피한 흐름, 과도한 커뮤니케이션, 프로그래밍화된 정보를 분석한다. 왜냐하면 현대의 미디어·커뮤니케이션·정보는 이미지의 독성에 의해 증식되며, 바이러스성의 힘을 지니기 때문이다.

　보드리야르는 현대성은 이미지의 독성과 더불어 폭력을 산출해 낸다고 말한다. 이러한 폭력은 정열과 본능에서보다는 스크린에서 생겨난다는 의미에서 가장된 폭력이다. 그리고 그것은 스크린과 미디어 속에 잠재해 있다. 사실 우리는 미디어의 폭력, 가상의 폭력에 저항할 수가 없다. 스크린·미디어·가상(현실)은 폭력의 형태로 도처에서 우리를 위협한다. 그러나 우리는 스크린 속으로, 가상의 이미지 속으로 들어간다. 우리는 기계의 가상 현실에 갇힌 인간이 된다. 이제 우리를 생각하는 것은 가상의 기계이다. 따라서 그는 "정보의 출현과 더불어 역사의 전개가 끝났고, 인공지능의 출현과 동시에 사유가 끝났다"고 말한다. 아마 그의 이러한 사유는 사유의 바른길과 옆길을 통해 새로운 사유의 길을 늘 모색하는 데서 비롯된 것일 터이다. 현대성에 대한 탁월한 통찰력을 보여 주는 보드리야르의 이 책은 우리에게 우리 사회의 현상들을 비판적으로 읽게 해줄 것이다.